20周年纪念书
不忘

《意林》编辑部 编

吉林摄影出版社
·长春·

图书在版编目（CIP）数据

不忘 /《意林》编辑部编 . -- 长春 : 吉林摄影出版社 , 2024.9. --（意林 20 周年纪念书）. -- ISBN 978-7-5498-6284-9

Ⅰ . I217.1

中国国家版本馆 CIP 数据核字第 20243EQ730 号

意林20周年纪念书·不忘
YILIN 20 ZHOUNIAN JINIAN SHU BUWANG

出 版 人	车 强
总 策 划	顾 平　朱蕙楠
出 品 人	杜普洲
主　　编	蔡 燕
图书策划	蔡 燕　施 岚
责任编辑	王维夏
图书统筹	周胜男
执行编辑	董 腾
封面设计	资 源　金 宇
美术编辑	岳红波
发行总监	王俊杰
开　　本	700mm×1000mm 1/16
字　　数	150千字
印　　张	8.5
版　　次	2024年9月第1版
印　　次	2024年9月第1次印刷

出　　版	吉林摄影出版社
发　　行	吉林摄影出版社
地　　址	长春市净月高新技术开发区福祉大路5788号
	邮　编：130118
电　　话	总编办：0431-81629821
	发行科：0431-81629829
经　　销	全国各地新华书店
印　　刷	天津泰宇印刷有限公司

书　　号	ISBN 978-7-5498-6284-9　　　　定　价：20.00 元

版权所有　翻印必究

（如发现印装质量问题，请与承印厂联系退换）

目录

壹 名家妙笔

我们是自己命运的母亲	蔡崇达	001
北极雪路	余秋雨	002
育珠如育人	明前茶	003
口腹之欲所带来的羞耻感	杨飞飞	004
北极点，初见即是永诀	毕淑敏	005
指尖的温柔	高明昌	006
夜游的少年	于爱全	007
高雅摆谱	黄亚明	008
脚下的路，延绵不绝	陈海贤	009
迫近悬崖的角落，总会藏着一条小路	马 拓	010
暴食是因为欠缺爱	陈贺美	011
别为远景焦虑，只为近景努力	艾小羊	012
你的剧本左右不了他们的人生	江 岸	013
"啪嗒"一声，按下行动按钮	李松蔚	014
打造应有尽有的自己	闫 红	015
为挣脱束缚而努力	俞敏洪	016
人生怎么发球，我都接	丁 宁	017
我必须追上去	苏炳添	018
一个不欣赏自己的人，是难以快乐的	三 毛	019
包子和饺子	余 华	020
用渺小的卑微去对抗命运	独木舟	021
每一次物是人非，都是你宝贵的起点	孙晴悦	022
被管理的心	梁文道	023
舒适区终有一天会毁掉你的青春	李尚龙	024

贰 春花秋月

草木虫鱼的生活	朱光潜	025
繁 盛	李 娟	026
不要让过分的攀比毁掉自己	蒋光宇	027
苦 瓜	肖复兴	028
有些花像女孩，有些花像母亲	南在南方	029
蝉翼玉露	王秋珍	030
一朵稻花，就是一朵微笑	沈希宏	031
雪 赋	胡竹峰	032
削石成瀑	立 新	033
一豆而知天下味	蔡要要	034
鸟	梁实秋	035
甲虫取水的哲学	华 姿	036
致命的伤	王国华	037
丁达尔效应：美丽的负指标	纪中展	038
"桉"这个字	张晓风	039
树们活得也挺有意思的	马 德	040
大象哲学	冯 仑	041
一只死去的狼	王 族	042
蛇的生存智慧	关成春	043
珍珠鸟	冯骥才	044
吃 春	王 伟	045
生命的缝隙	宛 皖	046
富春江鲥鱼	流 沙	047
一山春蝉	草 予	048

叁 微言大义

篇目	作者	页码
高度与角度	陆长全	049
美与爱	沈从文	050
远近之意	郭华悦	051
瞬息与永恒的舞蹈	张抗抗	052
细嚼日子	张金刚	053
母亲是人生所有问题的答案	张燕峰	054
工匠的自尊	流沙河	055
借 味	章铜胜	056
杀手的剑和仁者的心	清风慕竹	057
智慧之巅是德行	鲍鹏山	058
明青花上的猫	衣 禾	059
你不懂人间情事	陈 更	060
在光阴里磨就自己	米丽宏	061
生命是用来打发的吗	李银河	062
做事永远不要忽视负数	吴 军	063
用苦打底	黄小平	064
如果你让我写女孩，我会从蝴蝶开始写	王鼎钧	065
找到你的玫瑰花	罗 翔	066
"做减法"才是真本事	鹤老师	067
不顺利会让你更顺利	李 翔	068
真正的领导力	万维钢	069
身体里的木桶效应	孙道荣	070
且 等	张燕峰	071
别怕动笔	老 舍	072

肆 山高水长

渺 小	臧克家	073
一缸父爱	司德珍	074
高原红	张中杰	075
真正的勇者	尤 今	076
人生最后一课	刘荒田	077
乖孩子的劣迹	周国平	078
喜乐的人有了不老的岁月	凸 凹	079
留堂到最后	和菜头	080
养蝶记	项丽敏	081
做个拯救自己的人	杨熹文	082
怎样才能出名	贝小戎	083
老木匠	陈晓霞	084
讨要幸福	董改正	085
最温暖的高度	高明昌	086
拉坯师傅老冯	华明玥	087
我替父亲看到了"可爱的中国"	方 梅	088
鹰有没有风口，都能飞起来	沈嘉柯	089
美丽心灵	黎 戈	090
两头大象打架	陈思呈	091
母亲的面影	季羡林	092
因为笨拙，所以迷人	辉姑娘	093
真实的心跳	铁 凝	094
我也曾是个穷困潦倒的文艺青年 [哥伦比亚] 马尔克斯 译/李 静		095
美丽的眼睛	莫小米	096

伍 余韵绕梁

时间作为美的裁判	卞毓方	097
排列之美	王太生	098
从容不迫的光	鲍尔吉·原野	099
回　声	蒋　勋	100
今我来思，杏花成溪	白音格力	101
屋　舍	傅　菲	102
会说话的土	冯　磊	103
沙家浜的芦苇	许冬林	104
春天是一点点化开的	迟子建	105
我想养一座山	丁立梅	106
鸡爪霜	马　浩	107
大　地	低　眉	108
汉字中的春天	于　丹	109
酒的冷暖	张佳玮	110
爱就是穿越不幸	张定浩	111
过去的年	莫　言	112
复杂的必要	史铁生	113
时　间	梁晓声	114
蒲松龄吃不吃爆米花	李碧华	115
孤　鹤	庞晓畅	116
一荤一素	黄　磊	117
兀　坐	子　聃	118

陆 成长之路

成为自立的人	丁凯捷	119
20岁，我为参加《中国诗词大会》默默努力	张　鑫	120
人生无处不笨拙	佳　欣	122
20岁，我参加了中央台的《挑战主持人》节目	小　新	124
20岁，我理解了"乡村振兴"	阿　鱼	126

壹·名家妙笔

我们是自己命运的母亲

□蔡崇达

告诉你一个秘密：我难过的时候，闭上眼，就可以看到自己飞起来。

轻轻跳出躯壳，直直往上，飘浮到接近云朵的位置往下看，会看见自己的村庄在怎样一块土地上，自己的房子在怎样一个村里，自己和家人在怎样一所房子里，自己的人生在一个怎样的地方上演，会看到现在面对的一切在怎样的命运里。然后，会看到命运的河流，它在流动着，你就会知道，自己浸泡在怎样的人生里。这双眼睛是我的命运给我的。看到足够的大地，就能看到足够的自己。

再告诉你一个秘密啊——只要我们还活着，命运就得继续，命运最终是赢不了我们的。它会让你难受，让你绝望；它会调皮捣蛋，甚至冷酷无情。但你只要知道，只要你不停，它就得继续，它就奈何不了你。所以你难受的时候，只要看着，你就看着它还能折腾出什么东西，久了，你就知道，它终究像个孩子，或者，就是个孩子，是我们自己的孩子。

我们的命运终究会由我们自己生下，我们终究是自己命运的母亲。

北极雪路

◎余秋雨

那年,我与凤凰卫视一起考察人类重大文明遗址完毕,决定到北极画一个句号。从赫尔辛基出发,要驱车十七小时,刘长乐先生从香港赶来执意亲自为我驾车。在漫天大雪之中,不再有其他风景,不再有方向和距离。

我对长乐说,我和考察队离开熟悉的世界已经很久,天天赶路,天天逃奔,好几个月没有看过电视,读过报纸。幸而现在,他这么一个"国际传媒大王"坐在我身边,要与我相处那么长时间。因此正好请他为我补课,介绍近半年来,国际上发生了什么,中国发生了什么。

长乐一听,满口答应。他说:"我天天泡在新闻里。"

好,先讲国际新闻,再讲国内新闻。他开始回忆。我发现,他的表情,已经从兴奋渐渐转向了迷惘。过了一会儿,他开始给我讲国际新闻。但每件事都讲得很简单,一共只讲了十分钟,就没了。

"怎么,没了?"我很惊奇。

"是的,没了。很多国际新闻,当事情过去之后,连再说一遍的动力都没有了。因为,已经一点不重要了。"他说。

接着讲国内新闻。那就更加奇怪了,只讲了五分钟。一共十五分钟,就讲完了国际、国内整整半年的重要新闻。没有任何新闻能刺激我,但这事本身对我产生了强烈的刺激。我做了一个反向对比。这半年,我的老朋友们,天天都在追赶新闻,这使他们很忙,很累,很乱。但是,我用十五分钟就全盘解决。这证明,老朋友们半年来关注新闻的全部努力,绝大多数浪费了。

在他们天天追赶新闻的半年中,我在做什么?我在考察,我在写作。由此我更加懂得,当代民众所享受的新闻拥塞、网络井喷,其实是一种"反向占取"。也就是说,大量无价值的新闻,把民众的珍贵生命占取了。

凭着这个实例,我可以规劝学生了:不要离信息太近,不要被它们占据得太深,不要让它们吞噬得太狠。疏远它们,才有我们自己的土地。

咳,北极的启示,冰清玉洁,凛冽透彻。

育珠如育人

◎明前茶

　　浙江诸暨，珍珠养殖基地的厂房里，育珠工人正小心地为三角帆蚌植入种核。若是培育有核珍珠，她们要挑选直径超过16厘米的大蚌，先对蚌肉做一个"微创手术"，再以小镊子夹取直径超过6毫米的贝壳圆珠，轻轻拨开蚌肉，将它植入蚌的"伤口"中。而培育无核珍珠，就形同"放养"。育珠工人会选择个头小一些的蚌，把细胞小片麻利地插入蚌鳃能遮盖的位置，这里，过滤的活水更洁净，珍珠液也更容易分泌。只需数秒，植入细胞小片的蚌就回到腰盆里，仿佛没有受到干扰一样静悄悄地合拢蚌壳，连背缘都很少翻动。

　　等珍珠育成，到底是有核还是无核，几乎是一眼可以辨别的。有核培育的珍珠，大蚌分泌的珍珠液是一层层附着在中央的贝壳圆珠上的，更容易养出明亮、硕大又光泽均匀的正圆珠。而无核养殖珍珠缺少"正圆内核"的规范，导致正圆珠的比例大约只有3%。育成后的无核珍珠哪怕较圆，大部分也趋于蛋形。因此，除了极少数正圆的无核珍珠，一长串无核珍珠的价值通常抵不上一颗高品相的有核珍珠。

　　但无核珍珠也有长处：它完全靠三角帆蚌自身的力量分泌珍珠液，长成自己独有的模样，因此同样直径的珍珠，无核的比有核的，有机层要厚实很多，皮实耐戴。

　　养珠水田，倒映着天光云影，其育珠的环境是完全一样的，就像一座座标准化的学堂，但植入的种核不同，蚌所经历的痛苦与挑战不同，已大体上决定了未来育成的珍珠是规整溜圆、光华四射，却相对脆弱，还是在形状、色泽、光彩上带一点随心所欲，质地却致密坚韧。

　　船头的育珠工人老谢已有30年养珍珠的经验，她笑道：咱们这里，最难得的珍珠，是无核的正圆大珠——没有给它植入多少"规矩"，但水的酸碱度刚好，水流的速度恰当，风调雨顺，蚌本身又有一颗"向圆"的心，它慢悠悠地积累珍珠层，一层又一层，不慌不忙，不偏不倚，每一层光色都密实浓郁；最后，它终于拥有了令人一见倾心的美，以及超过有核珍珠的传世价值。

　　细听去，两种珍珠截然不同的育成原理，与育人的道理，简直殊途同归。

口腹之欲所带来的羞耻感

◎杨飞飞

朋友的堂妹来北京，我们一起吃饭，她妹妹是个有些羞怯的小姑娘，还在念初中，块头却超乎常人，不仅胖，而且敦实。像她这个年纪的小女孩，正在发育期，身体各个部分都在疯长，胖一点也很正常，我并没有太在意。

让我感到诧异的是，在整个就餐过程中，小姑娘一直透露出一种做贼心虚般的小心翼翼，她束手束脚、极不自在地吃着东西，目光偶尔和我撞上时，会飞快地移开，然后迅速搁下筷子。等到朋友去洗手间的时候，我对她说："肚子饿就多吃点。"在我看来，这句话稀松平常，并没有什么不周到的地方。但对面的小姑娘突然低下头去，眼泪啪嗒啪嗒往下掉。我一下子慌了，忙问她怎么了。她抽抽搭搭地哭着："我觉得好羞耻，已经这么胖了，为什么还是控制不住自己的食欲呢？即使同学们都笑话我，我还是抗拒不了食物，我真的好讨厌这样的自己……"她说的这段话让我震惊，不过十三四岁的小孩儿，居然已经感知到了口腹之欲这种基本的欲望所带来的羞耻感。我看着她的眼泪，不知道该心疼还是该悲哀。

我想起以前看的一部电影《楢山节考》，讲的是日本古代一个贫苦的山村里，因为长期粮食短缺，便形成了这样一种风俗：老人到了70岁，就要被子女背到楢山里等死，美其名曰供奉山神。69岁的阿玲婆已经到了进楢山的年纪，可她仍然身体硬朗，无病无灾；她还有一口好牙，胃口也没有被年龄束缚。在那个时代，这是多么羞耻的一件事啊，小孩们改编着讽刺和侮辱她的歌谣，提醒着她一位年近七旬的老人应该恪守的道德——及时地死去。除了这样的社会压力，阿玲婆自己心中也有着不可跨越的道德墙——她感到自己健康的牙齿成了有伤风化的东西，她鄙夷和怨恨着它们，对自己能大口吃下饭感到无比羞耻。

时光隔了百年，社会物质从极度匮乏到极大丰富，可带给人们羞耻感的东西居然没有变化，口腹之欲这样最低等的欲望还在控制着人们的观念和行为，我不知道这是为什么。有位朋友不止一次跟我说过这样的话，她说自诩是高级动物的人类其实是最低级的动物，不吃饭就要死，不洗澡就会臭，时时刻刻在制造垃圾，脆弱而易病……也许，从这个角度来看，生而为人，总归怀抱着羞耻。

北极点，初见即是永诀

◎ 毕淑敏

铺天盖地冷峻无比的冰海，乃上苍送给北极熊的最好礼物。

这是我第一次亲见北极熊。它并不算很大，身体灵活，毛色雪白。它在冰面上迅疾奔跑，如同银箔打造而成的精灵。虽说它的听觉并不发达，但游客们吸取教训噤声，加之原子破冰船并不散发任何味道，它不曾受到惊吓，仍保持着怡然自得的心境，其乐悠悠。奔跑中遇到海冰错落处，面对海水阻隔，它想也不想，并不放慢脚步，也没有丝毫踌躇，凭借跑动惯性凌空一跃，在空中划出灼灼一道白光，稳稳降至另外的浮冰上。

北极熊是食肉动物，食谱中没有任何植物。这也不能怪它饮食习惯不健康，都是叫北极的恶劣环境逼的。土生土长的北极植物，主要是苔藓和地衣之类。北极较低纬度处，偶尔还可见点滴绿色惊鸿一现，更高纬度的地方几乎寸草不生。

高纬度地区的植被，产量极低，打包归拢到一处，估计连兔子都喂不饱，哪能填满北极熊的大肚囊。北极熊终生只能以纯肉类充饥，在冰天雪地中独来独往，它或许是地球上最孤独寂寞的动物。

从北极回来后，方知北京夏天酷暑难熬。有记者爆料，豢养在北京动物园的北极熊，吃掉了很多西瓜，还喝了绿豆白糖汤加固体果珍饮料。

我相信人们在尽一切努力安抚迁居的北极熊，但圈养在水泥森林里皮毛污浊的北极熊，能和冰海中畅游的北极熊相比吗？看到资料说，欧洲某动物园为了一解北极熊思乡之苦，在水泥砌成的院墙上，用白油漆涂画了冰山的形状。

我不能想象北极熊望着油漆剥脱的水泥墙会想起什么。如果说北极熊有什么天敌的话，那就是人。

如果北极冰层彻底融化，北极熊丧失了休养生息的家园，最后被活活饿死，变成一张褴褛黑皮，人类啊，包括你我，难辞其咎。

我心知肚明，我与北极点，初见即是永诀。

北半球冬天所有的寒冷，都来自北极。从此，每一次与彻骨冰寒相遇，我都会在心中喟叹：北极点，我与你重逢。

指尖的温柔

◎ 高明昌

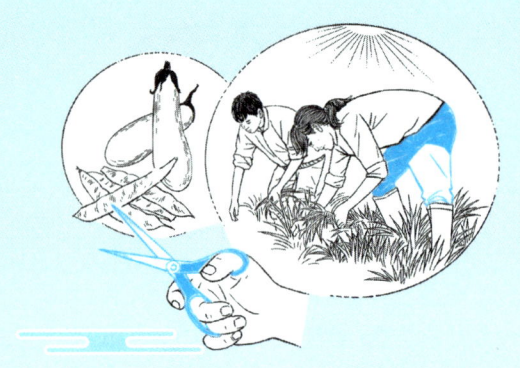

  我十六岁时，就跟母亲一起下地耘稻了。所谓耘稻，就是等稻秧插入水田半月后，拔拔杂草，松松泥土，有时扶扶歪斜的稻秧。耘稻不需要挑担的力气，但需要眼明心细。

  耘稻还有个任务，就是要给稻秧透透气，具体做法是：在稻根的四周，用指尖贴地揉一揉。我并拢四根手指，竖着插进稻根的旁边，有一两寸深，围绕着稻秧，让手指兜了一圈。母亲见状，立马喊停："不是这样的呀！你要弄死秧了。"母亲开始示范：她伸出四根手指，指尖微微张开，稍稍弯曲，慢慢扣向稻秧四周的泥土，按照顺时针方向，轻轻地转了一圈，然后回转了一圈。母亲说："手指头插进地里要浅，转一圈要轻。你懂了吗？"

  我有些惊讶：稻秧也需要温柔以待吗？母亲说："当然了，稻秧历经千辛万苦，好不容易生出根须来，你这么一折腾，根须断了，稻秧就伤了元气。"稻秧也会伤元气，像人一样。母亲的话我一直记到现在。

  那天，母亲杀了一只老母鸡，熬了半天，鸡肉软烂，鸡汤金灿灿的。母亲让我去菜园拔些鸡毛菜，放到鸡汤里。临走时，母亲特地交代别把鸡毛菜的根给拔断了。我把鸡毛菜带回家，母亲开始拣菜、洗菜，一看有一半的鸡毛菜都是断了根的，便问我是如何拔的。我说，用手一把一把拔的。母亲检讨自己，说没有叮嘱我要像拔秧一样。

  后来一次又需要鸡毛菜，母亲让我和她一起去菜园。母亲告诉我，先捏牢菜根，稍微用点力气，往上提一提，再等一等，然后再次提起，鸡毛菜就拔出来了。我发现，母亲手里的鸡毛菜确实乖巧、听话，没有一棵断根的。母亲说："三根指头往上提一提，是松土，也是告诉鸡毛菜，它要出地了；鸡毛菜就知道你的意思了，就会配合你，让你拔了。"

  人与农作物之间，可以做到如此亲密，我算是亲见了，也得了些采摘方面的经验。我深信，我们家的蔬菜一直长得鲜亮、饱满，总也吃不完，母亲的温柔以待，是最重要的原因。

夜游的少年

◎于爱全

那时我十来岁，对黑夜很着迷。我喜欢像夜行动物那样，出去溜达。夜色下，世界安静而美妙。

在大人们看来，喜欢夜游是个大毛病。我弟弟就挺安分，一入夜就上床。父亲常年在外打工，母亲讨厌黑夜，她独自带着两个孩子，天一黑就把门关得死死的。对于我夜游的毛病，她非常不理解。我每次外出，都让她提心吊胆。大约是夏秋之交，有那么一夜，我已躺在床上，即将跨入梦境，有一只纺织娘落在纱窗上，"织啊织啊织啊"，扯着嗓门唱起来。那叫声仿佛是一种邀约。我看月色正好，母亲和弟弟睡得正熟，便悄悄下床，轻轻打开门闩，出了门。结果，那天夜里，有一只像我一样不太安分的黑母鸡，也悄悄从门缝里跑了出去。这让母亲非常愤怒。虽然那只鸡没有走丢，但我的行为给全家带来了危险。半夜三更，怎么可以让家门虚掩呢？那一次，母亲打了我，而且下手很重。

但我性子很倔，依然改不了夜游的习惯。直到两年后。

我记得，那是一个秋夜，月亮特别好。我走在玉米地里，各种草虫的鸣声密密麻麻，叽叽切切，单调而有韵律。虫鸣伴随着月光，那种美妙的意境，让我沉醉。那一夜，我在田野里溜达了很久。我在花生地里，遇到一个提着水桶的夜行人。他问我："你是不是叫江波？"江波是我的乳名。他说："孩子，快回家吧！刚才我遇到你娘，她在找你，很焦急。"

我回望村庄，村庄影影绰绰，在天地交接处，显得特别低矮。我知道，自己走得有些远了。月亮过了中天，我才往回走。猫头鹰的叫声，在夜空中一串一串地回荡，像怪笑。但我一点都不害怕。

轻轻推开家门，母亲还没睡，她一个人坐在屋顶上。我进屋的时候，打了个哈欠。夜深了。我听到母亲在屋顶叹了一口气，收起马扎，也回屋睡觉了。

世上的事，就是这么奇妙，母亲用巴掌打我，都没能改掉我夜游的习惯，却用一声叹息，在我心底留下了一枚永恒的烙印。

从那以后，我不再深夜外出，但依然向往着夜色的美妙。

高雅摆谱

◎黄亚明

北宋时，开封特繁华，酒肆遍布，门前都扎着欢楼，一个大男人要是觉得独饮寂寞，就在楼内走廊里吆喝一声，马上有美女载歌载舞。哪怕只有两位客人对饮，小二都会端上十几只茶碟酒器：注碗一副，盘盏两副，果菜碟各五片，水菜碗三五只。你知道，这都是银器，价值近百两银子。然后上来另一位小二，请客人点菜。开封人好摆谱，大呼小叫，冷盘、热盘、温酒、精肉、瘦肉等，都不缺。我相信北宋开封钱多人傻，但我更相信，"都人侈纵"主要是因为不用自己掏腰包。

凤姐曾调戏刘姥姥，先说一个鸽子蛋值一两银子，再把茄鲞说得天花乱坠，"倒要十来只鸡配他"，最后是一套木头杯子。大仲马《基督山伯爵》讲了个段子。基督山把来自天南海北的两条鱼搁在一个盘子里，然后轻描淡写地陈述，说最爱的是想象"这两条鱼如何天南海北聚一起"。唐格拉尔不信，基督山就叫人把活鱼端来给他看，以示"兄弟我有的是钱，一买就是两条，一条吃，一条看"。显然，不管东方西方，凤姐和基督山的终极目的一致，口腹之欲退居次席，耍酷摆谱牵着人玩才是第一要务。

吃饭摆谱是门大学问。说到底，吃饭的谱偶尔要摆，但要看怎么摆，要摆得风雅、恰当。黄蓉要偷艺，疯狂巴结洪七公，做了道"玉笛谁家听落梅"，系羊羔左肾、小猪耳朵、小牛腰子、獐腿肉加兔肉五种小肉条拼成，五般肉味组合，合五五梅花之数，起码有25种变化，谱摆得大，且名字取得妙，所以成了神菜。

最高雅的摆谱，通常是以素寒衬奢华。广东的艇仔粥，寻常的姜、葱、芫荽和生菜丝等，配合海蜇、鱿鱼丝。川味里有"开水白菜"，菜名俗极，菜、汤、色、味则鲜极，在味觉领域里，紧锣密鼓、急转直下、起承转合，这种谱摆得大气。

史上最心酸的摆谱，发生在南宋。话说有个俞姓四川举子，千里迢迢到杭州赶考，不幸落第，只好当"南漂"。腰包干瘪，无钱回乡，狂胸闷，打算海吃一顿慰劳自己，再跳西湖了却余生。招呼小二拣好的尽管上，满桌各色时鲜水果海鲜，他从晌午一直吃到傍晚，结账要五两银子，相当于现在的1500元。谱是摆了，吃是吃了，却没死成，因为精气神上来了，他突然觉悟，好死哪如赖活着。

脚下的路，延绵不绝

◎陈海贤

以前我上"幸福课"，课上经常会有学生问我："老师，你幸福吗？"

以前我也经常这么问自己，仿佛这是一个理所当然的自我要求。

如果把追求幸福比喻为登山，登顶只是瞬间的事，而攀爬的过程却艰辛而漫长。我正爬我的山，你也有你的山要爬。有时候，你爬的那座山，我恰好爬过。有时候，你爬的那座山，我虽没爬过，但我从我所在的地方望过去，能够看到你攀爬的山上哪里有路、哪里有坑。我想指给你看。

上初中的时候，我从家乡的一座偏僻小岛搬到市里读书。现在想来，所谓的"市里"，也不过是一座更大的岛。但对于当时的我，它已经是陌生且让人畏惧的大世界了。从小地方到大城市，恰逢青春期，在一所竞争激烈的重点中学读书，又没什么朋友……我经常会感到孤独、不安。我处理不安的方式是读很多心理学的书，靠谱的、不靠谱的，我都读过。我选择了心理学专业，一直读到博士，并最终成为一名心理咨询师。后来我好了。我忘记了这种好转是怎么发生的。好转像是一个自然而然的过程。这些让我苦恼的问题从占据我生活的中心，到逐渐淡出了我的注意。

关于不安，我常爱讲一个故事：从前有一座山，山上有一座庙，庙里住着一个老和尚和一个小和尚。有一天，老和尚和小和尚下山去化缘。他们走了很远的路，回到山脚下的时候，天已经很黑了。小和尚看着远处若隐若现的山顶，担忧地问老和尚："师父，天这么黑，路这么远，还有悬崖峭壁、飞鸟走兽，我们只有这一盏小小的灯笼，怎么才能回到山上的庙里呢？"老和尚淡淡地说："看脚下。"

如果说让我们焦虑的"远方"是完美又脆弱的虚假自尊，抽象又缥缈的高远目标，对成为一个很厉害的人的期待……那"脚下"则是把失败当作反馈的成长思维、认真对待琐事的无差别心、不功利的兴趣和努力……"远方"很好，唯一的问题是，它既不像这个真实的世界，也不像我们真正的自己。它是我们应对匮乏和不安的想象，并不是真实的幸福。而"脚下"呢，说不上好，也说不上坏，但我们踩下的每一步都很踏实。

不用担心我们会因此走不远。脚下的路，延绵不绝。

迫近悬崖的角落，总会藏着一条小路

◎马 拓

2023年年初，我在微博上收到一条私信。一个男孩跟我倾诉，说他第三次考研了，目前还在等笔试成绩，整个人焦虑得不行。而就在他最需要鼓励和放松的时候，家人却让他格外窒息。

他说父母这几年里一直希望他考公务员或者事业单位，在他接连两次考研失利之后，这种期望就变成了恨铁不成钢的执念，他们几乎每天都在他耳边狂轰滥炸。一开始他还尝试沟通，但发现想让对方改变想法太难了，因为双方根本无法站在平等的立场上。

没办法，他只能在这种压抑的氛围中咬牙硬扛，还要时时对抗可能再次落榜的焦虑感。有一天，他逃离到外面的一条河边，眼泪不自觉地就像河水一样缓缓淌下。拿起手机，他发了一条朋友圈："总有一天，他们会逼死我。"

我经过他的同意，把私信内容分享出来后，很多粉丝都有共鸣。有一位粉丝说，她也因为就业选择和家里闹翻了。父母在当地托关系、找门路，把她的工作性质、岗位都一一落实下来，甚至还给她框定了结婚生娃的时间。和盘托出后，她十分抗拒，母亲却声泪俱下地埋怨她不体谅长辈，翅膀硬了就任性妄为。

还有很多人的困扰与家庭、父母无关，他们只是迷茫地站在人生的十字路口，一边患得患失地后悔焦虑，一边又不甘心地继续尝试和选择。

前些天，因为机缘巧合，我和之前那位考研的朋友又聊了起来。我小心翼翼地问了下他的现状，他跟我说，后来的一切都很顺利，目前他已经在读研，就业方向是国际汉语教师，他很喜欢，也和导师、同学相处得很好。那一瞬间，我的心情也突然好了起来。很多时候我们以为已经迫近悬崖了，却意外地发现，角落里还藏着一条小路，那不是老天施舍的，而是本身就有，因为老天也没工夫处心积虑给你设计绝境。或者说，即便是绝境，一定也存在小小的漏洞，总有机会让我们逃出去。

所以别放弃，新的一年，三百多天，八千多个小时，总会有好事情发生。就像我这位考研的朋友一样，在得偿所愿之后，他发现自己熬过的那些日子，还挺值得的。

暴食是因为欠缺爱

◎陈贺美

有段时间，我突然疯狂地迷上了葡式蛋挞。热腾腾、甜甜嫩嫩的滋味和烤得香香脆脆的酥皮，真是好吃得要命，一张口就可以吃掉整整一盒（六个）！不但天天托朋友替我排队去买，还馋到只要一天不吃就焦躁难安。贪嘴的代价当然非常惨痛，体重一下就从五十公斤飙升到六十五公斤！后来的减肥过程简直一言难尽，连体内的血糖都严重超标！我大哭好几天，但还是克制不住嘴馋，直到读了一段话，才明白暴食是因为内心强烈欠缺爱、渴求爱，只有让爱的能量重新流动起来，暴食的欲望才会停止。

我合上书，闭上眼睛，思索和家人之间究竟哪里出了问题。想着想着，胃突然开始刺痛。我一弯腰，一个意念闪了进来：啊！我和家人之间没问题，但是我不爱我自己！

"我有多久没休假了？我持续加班多久了？我每顿饭都赶时间，有多久没有细嚼慢咽了？"

从那时候起，我每天大幅度降低工作强度，改用更多、更有效的方式达成工作目标，该休息的时候也绝不拖延；同时从饮食上做调整，不再挑食，连口味也力求清淡。这样，三个月就让体重恢复了，食欲大减，平静的感觉常从内心升起，不再感觉自己"欠"了谁，谁又"欠"了我，纵使偶尔愤怒，情绪也去得很快。

身心关系真是紧密。根据能量医学，容易过敏的人，人格特质里多半都有不肯轻易妥协的洁癖（或执拗），于是身体就启动了"排斥机制"；有便秘习惯的人，心理上则容易积累"情绪垃圾"，觉得老做着"违背自己心意"的事。你一定认为自由就是"想干吗，就干吗"，但我后来发现，自由不是这个意思，自由其实是"想不干吗，就可以不干吗"。改用这个不同的定义来检视我每天必须处理的事、面对的人，我吓了一大跳！活到今天，我居然从来就不是个"自由人"！这让我太震惊了。于是我告诉自己，绝对不能一辈子都受束缚，都那么不快乐，我一定要期许自己做到"凡事问心无愧，不强求"。

人生真的没有什么非要不可。进出自在，怎样都好。

别为远景焦虑，只为近景努力

◎艾小羊

最近周围的人都很焦虑，可我的焦虑感却没那么强，至少在大家眼里没那么强。夜深人静时我一琢磨，总结了不那么焦虑的三个原因：一懒，二傻，三忙。

先说懒。我是一个特别懒得聊天的人，没有眼观六路、耳听八方的信息收集能力。偶尔有刚认识的"社交牛人"朋友，在微信上跟我聊个不停，一会儿说这个朋友融了天使轮，一会儿说那个朋友破产了。这时候我就特别理解，为什么有些朋友会那么焦虑。焦虑的一个重要来源是那些看上去离你很近，其实离你遥远的信息爆炸，你以为知道得多了就能运筹帷幄，其实决定我们生存的是每一天的工作。

再说傻，我确实是一个对危机、机遇都不怎么敏感的人。我目光短浅，只盯着自己的一亩三分地，未来规划永远最多做到第二天，所以我已经很多年不做年度计划了。有些人容易焦虑，是活得太勤快了，动不动做年度规划，甚至五年、十年计划，其实把每一步走好，每一天过好，就是最好的规划。

最后是忙。我有一个小本领，就是总能把爱好发展壮大。爱写作，最后成了码字人；爱泡咖啡馆，开了家文艺小店；爱撸猫，养了两只猫……最近几年喜欢上了珍珠，又在看关于珠宝设计的书。这么多事情加起来，你就能理解为什么我的规划只能做到第二天，连第三天做什么都没时间想。

焦虑分两种：实际的焦虑与虚无的焦虑。比如说，朋友今天必须弄完开会的资料，这就是实际的焦虑。实际的焦虑是短暂的，有现成的办法去解决，比如赶紧做完。真正困扰大家的是那些虚无的焦虑。因为身边人得了癌症，开始想着万一哪天自己得癌症了可怎么办，这是虚无的焦虑。因为你不知道这个结局会不会到来，所以你没有办法去解决它。但如果换个思路，每天坚持运动半小时，晚上11点前上床睡觉，饮食上少油少盐多青菜，能做到这些，你对健康的焦虑会大幅度下降。

最后总结一下，解决焦虑分三步走：第一，屏蔽过多的信息，尤其远离一开口就是"老王离婚了、老李破产了"的信息"小灵通"；第二，学会将虚无的焦虑转化为实际的焦虑，再想办法用行动去破解；第三，别为远景焦虑，只为近景努力。

有了这"三板斧"，你已经战胜了大多数人。

你的剧本左右不了他们的人生

◎江 岸

"为儿的教训儿子，也为的是光宗耀祖。"这是《红楼梦》里贾政在贾母面前辩白为何痛打宝玉时说过的一句话，概括了他对儿子的期许。他为宝玉写下的剧本，是"光宗耀祖"。

然而，宝玉的成长完全不按父亲写好的剧本来。在书里，作者形容宝玉是"潦倒不通世务，愚顽怕读文章""可怜辜负好韶光，于国于家无望""天下无能第一，古今不肖无双"。

日本版纪录片《人生七年》，忠实记录了13个普通孩子的人生。在21年里，让观众清晰地看到，他们的成长轨迹与父母在他们童年时为他们预写的剧本呈现出多么大的差距，也留下了一个问题：这些脱离父母期望的孩子，会不会有好的人生？

健太家几代人都是稻农，所以父母希望健太长大了也务农种稻。出生在东京的女孩贵子，从小学习钢琴、游泳、书法，被父母寄予厚望。男孩光平生于家境不错的祖传手艺人之家，父亲对他的期许，是接下祖传的手艺。健太、贵子和光平的父母都给孩子写好了未来的剧本，但孩子们会按照剧本成长吗？

高中毕业后，健太不想走父母的老路，他在一家建材工厂找到了一份工作，从临时工做起。贵子一路走来却一直在经历挫败，无论是中学还是大学都没能考上梦寐以求的学校，深深地感受到了落败的自卑感。光平早早放弃了继承家业这条路。因为没等他长大，家里的作坊就倒闭了。他在21岁时还是跟着父亲走上了制陶这条路，但更多是为了谋生。在13个孩子中，大多数都没按照父母的期望长大。

在建材工厂打工的健太，从临时工做到合同工，收入慢慢稳定。周末，他会回家帮父母种田。贵子和同事们组织了一支啦啦队，平时和朋友们聚聚会，从挫败感中走了出来，比从前快乐很多。被迫回家继承祖传手艺的光平，在制陶这个行业里比父亲走得更远。他在陶器中注入了很多新奇活泼的元素，还借助网络卖得越来越好。虽然没有按照父母的剧本成长，但每个孩子都走出了自己的路。这些充满坎坷挫折又让人脚踏实地的路，才是他们自己的人生之路。所有父母都曾竭尽所能为孩子写好一个剧本，而生活会告诉你：再好的剧本，都左右不了他人的人生。

"啪嗒"一声，按下行动按钮

◎李松蔚

上个月，收到一个结束咨询好几年的来访者写的邮件，说起她的近况：抑郁症时不时还会复发，只是她从一个"没工作的抑郁症病人"，变成了"有工作的抑郁症病人"。她说："这也是进步吧。"

当然是进步。我还记得她最初做咨询的时候，仅找工作这件事就费了我俩很大劲。

她那时候在家养病，最大的心愿就是把病治好，这样就可以出去找工作了。我建议她，找工作、养病可以同步进行。"每天待在家闷闷不乐，对病情更不利。"她是认同的。但她有一大堆的担心：状态不好，承受不住工作压力怎么办？人事专员问起简历上空白的这两年，我该怎么回答？……

我对她说，你说得没错，你担心的那些事都有可能发生：病还没好，你会把工作搞砸，公司可能会在试用期内辞退你……那就辞退好了！

她一下不知道怎么反驳了。冲着被辞退找一份工作，她还能说什么呢？不过，她必须先做一份简历，而这份简历很可能不光鲜，也没有说服力。这也是她迟迟不能开始找工作的理由。我说：现在就请你做一份全世界最糟的简历。重点不在这份简历究竟有多糟，而在于她开始做。几周后，她获得了一份工作。

事情过去了好几年。在这几年中，我也慢慢地总结出了一套理念，为了启动那些让我们的生活变好的行动，有时需要找到一个关键动作，然后不由分说地先做出来。像是一个按钮，按下之前，你有无数担忧和抗拒。但是按下去，"啪嗒"一声，就是一个行动接着一个行动。这个理念我现在也用在自己身上。比如，我一直莫名其妙地抗拒一些烦琐的事务性手续——签合同，填表格，常常一拖再拖。现在我有了一个很好的解决办法：不管三七二十一，先用手机预约快递上门取件。相比打印和整理那么复杂的表格，叫快递要简单多了。"啪嗒"，按下行动按钮，后续一连串动作就启动了。很多问题只有在行动中才能显现真实的形态，有无谓的担心，也有很多预料之外的麻烦。但它真的来了，我们就会发现它不可怕，至少没有想象中可怕。想象时，我们的头脑里只有问题；行动了，其中当然也有问题，但我们同时会有100种解决问题的办法。

打造应有尽有的自己

◎闫 红

离我家两公里的地方即将修建一座图书馆，得知这个消息之后，我三天两头地搜索它的建造进程，还三番五次地跑到工地上一探究竟；看到临湖的落地窗，就想象自己已经坐在那里读书。总之，以读书人自居的我，将自己的幸福指数与这座图书馆紧密地挂起钩来，只盼望它早一点建好。

某一日，我一如既往地搜索那座图书馆的消息，而后，心满意足地躺在沙发上。面对着家里那个巨大的书架时，忽然产生了某种困惑：我到底是喜欢看书，还是喜欢图书馆？如果是第一种，我根本不用等到图书馆建成，此刻，我的书架上就有那么多我精挑细选来的书，大多没有读完。如果我真是个爱看书的人，无论是在自家的沙发上还是在飞机上、地铁上，我都可以读书。但很多时候我宁可刷微信，也不愿意打开一本书。事实上，对某种场景的迷恋，已经成为我进入真实生活的障碍。这世上根本没有应有尽有、无忧无虑的生活，我们能做到的只是变成应有尽有的自己。见过一个把自己活得"应有尽有"的朋友。

有次和一些同行去某地参加一个活动，坐火车的时间很长，入夜时大家又饿又累，忍不住地抱怨这次出行是"生存大挑战"。只有一个人很安静，头一歪就能睡着，醒了就在看书。最让人羡慕的是，他看了一会儿书之后，从包里取出一只平平无奇的保温杯，又取出一袋茶叶，再去车厢连接处接水，不大一会儿，铁观音的馨香就穿越车厢里的浊气，弥漫开来。

我忍不住问他如何能够闹中取静，他笑起来，说："能不能静下来，关键在于你是不是觉得'不应该'。你觉得应该有张床才能睡觉，有套好杯子才能喝茶，但是人生苦短兼造化弄人，哪有那么多时间摆台啊！要想活得好一点，就要学会即时进入，有套好茶具当然好，但你一定要知道，火车上也是能喝茶的。"那一刻，他脸上的富足感让我羡慕。

与其梦想诗与远方，不如学习如何更好地使用手中已经拥有的东西。请将目光落在三尺之内，想想看，眼前所有东西的潜力，你有没有挖掘穷尽，而离你最近的那个"东西"，其实是你自己。所以，把此刻的自己"用好"，就是应有尽有。

为挣脱束缚而努力

◎ 俞敏洪

没有人希望自己的生命受到束缚，就像没有任何动物愿意被关在笼子里一样。人一旦有了自觉意识，之后的第一件事情就是和束缚抗争。从十一二岁开始，青少年一般都会经历几年强烈的反叛期。这一时期的青少年，常常不管父母或老师说得对不对，都和他们对着干。这一现象正是生命想要挣脱束缚的具体表现。

一个人与其说是为了理想而努力，不如说是为了摆脱某种束缚而努力。如果我们出生在贫苦家庭，可能所有的努力只有一个目的，就是摆脱贫困。因为贫困给我们带来了太多束缚，在贫困中生命得不到张扬，也得不到尊重。所以处在贫困中的人常常更加能够自强不息，因为他的背后有足够的动力：想要像城里人一样过上好日子，想要吃得更多，走得更远。这些最朴素的理想恰恰变成了最持久的动力。当人们脱离贫困之后，马上就会为争取自己的社会地位而努力，因为社会地位直接和一个人的尊严相关。当有了一定的社会地位之后，人们就开始要求精神的解放、心灵的自由，希望摆脱社会对自己心灵和精神的限制。当我们发现现实世界的很多束缚不可挣脱时，我们希望自己的心灵得到解放，而这一挣脱心灵束缚的过程正是伟大的文学思想和哲学思想产生的过程。

我曾经碰上一个叫左力的浙江学生，他从小耳朵就完全失聪，到今天为止，这个世界对他来说依然是一片寂静，但他通过自己的努力一直读到了大学，而且一直都是好学生。他能够通过观察老师的嘴唇知道老师在讲什么，他写出来的文字流畅通顺，思想丰富；现在他还准备到国外最好的大学去读书，从唇读中文转向唇读英文。面对左力这样的学生，我们除了努力，还有什么好抱怨的呢？

我把左力这样的人称作带着束缚跳出了最美丽舞蹈的人。

其实人的一辈子都被某些东西束缚着，生命的抗争就是在束缚中跳出美丽的舞蹈。没有束缚的生命显得轻浮而没有分量，生命的束缚和挣脱束缚的努力，使我们的生命变得厚重而美丽。

人生怎么发球，我都接

◎丁 宁

面对挫折，是我从5岁进入体校就开始上的一门必修课。可这堂课，并没有因为我经验丰富，就变得简单一点。

2010年，在莫斯科的世乒赛团体决赛中，我输给了冯天薇，中国队最终败给了新加坡队。那一年我20岁，第一次担当女团主力。自那之后，我的教练被下调到二队，网上到处是我输球哭了的照片。当时我觉得，这就是我人生中最大的一个坎儿。

很长一段时间，我把自己封闭起来。我抗拒每天的训练，在之后的许多比赛里打得乱七八糟。有一天，我哭着给妈妈打电话，问她："为什么我要打乒乓球？"我觉得每天的训练都让我特别痛苦，可我跟自己说："今天我去练一堂，哪怕明天我不练了，至少，我今天往前挪了一步。"就这样，我在失败的黑暗里，或慢或快，走了好几年。

2016年，在里约奥运会女单决赛上，我赢得了冠军。所有人都说，四年前的那次失败，丁宁该放下了吧。所有人都觉得，里约奥运会的那枚金牌是我战胜挫折的节点。可是如果问我，我反而很难说清自己是在哪一个节点走出阴影的。

我觉得，这是面对挫折的时候最残酷的一件事：人们只看到你的摔倒和爬起，但你很难去告诉别人，在摔倒和爬起之间，你走过了多么漫长的一段路。反反复复、持久不愈的疼痛，还得你自个儿承受。就好像有一个茧困住了我，我并不觉得自己是用巨大的能量让它一瞬间炸裂的。我其实花了很长很长的时间，在茧里不断地蠕动，再蠕动，五十次、一百次……突然有一天，我发现，哎？这个茧好像松了。

在我看来，人生就是一个坑接着一个坑，咱多半不可能都优雅漂亮地跳过去，大多得摔进去，再自个儿爬出来。未来，我肯定还会遇到更大的坑。比如，我退役后要做些什么？我还能像在球场上那样如鱼得水吗？我从来不敢对这件事盲目乐观。但是我特别想说，越难的时候，越要看到自己每一点细微的努力和改变。你凭着这股韧劲儿，不断挣扎，某一天就会忽然发现自己好像换了一个人，变得更平静，也更有力量。体育精神，远不只是输赢，就像奥运冠军远不只是金牌一样。我只相信，在黑暗中，不要停下脚步，要自己去寻找光。

我必须追上去

◎ 苏炳添

2007年，我18岁，进了广东省田径队。现在想来，那是我人生中一个很重要的转折点。刚到专业队时，我的成绩还不错，但练了近一年，成绩没有提高反而一直下降，我心里很不好受。为什么经历了很长时间的训练，比赛成绩却退步了？当时我想了很多，甚至不想再练了。袁国强教练让我再坚持一下。他说："你之前不是跟着我练习，所以这段时间的成绩肯定会有起伏，再过一段时间，你的成绩才会慢慢体现出来。"我听了他的这句话，又坚持了两三个月；后来经历了一场比赛，我才真正确定自己要继续走下去。也是在这个时候，我发现，训练方法会影响跑步的技术水平。如果没有这个经历，我不会有后来的成绩。

后来几年，我取得了一些还可以的成绩。我发现，如果在一个项目中你一直是领军人物，你可能会过得很安逸，很难想到再去做出改变。只有当更强大的对手出现的时候，你才会把神经绷紧，才会想：有人超越我了，我要不要追上去？

如果没有对手，我可能不会改变。我当时遇到的对手是张培萌。那几年里，我和他在相互竞争中，跑出了100米10秒的成绩。我记得张培萌跟我说过，他对我印象很深的一件事是，2012年，我在日本比赛，他在现场看我跑100米，我跑了10.04秒。这件事情给了他很大的震动。他也做出了改变。2013年，他把时间控制在了10秒，超过了我。他让我知道我有一个对手存在，让我感觉到了威胁。

2014年，我做出的最大改变，是换了起跑腿。这相当于把以前积累的经验清零，重新学跑步。我还不知道改变后会不会真的更快，我只是为了得到一个新的节奏。后来的事实证明，我的尝试成功了。

现在，我的竞争对象变成了自己。我的下一个目标，就是要突破9.90秒的成绩。这是一个大关，就像破10秒一样。我希望自己能够成为国内第一个突破9.90秒的运动员。短跑一直被认为是挑战速度的极限。对于我来说，人不应该给自己设限，而要看看能不能逼自己取得新的成绩。突破自我极限的方法很简单，就是好好训练。当你在特别累、特别无聊、特别枯燥的时候，想一想自己的目标，你就不累了。我的目标就是跑得更快。

一个不欣赏自己的人，是难以快乐的

◎ 三 毛

致不快乐的女孩：

从你短短的自我介绍中，看来十分惊心，二十九岁正当年轻，居然一连串地用了最低层、贫乏、黯淡、自卑、平凡、卑微、能力有限，这许多不正确的定义来形容自己。你有一个正当的职业，租得起一间房间，容貌不差，为何觉得自己卑微呢？你觉得卑微是因为没有用自己的主观眼光观看自己，而用了社会一般的功利主义的眼光，这是十分遗憾的。一个不欣赏自己的人，是难以快乐的。

很实际地说，不谈空幻的方法，如果我住在你所谓的"斗室"里，如果是我，第一件会做的事情，就是布置我的房间。

我会将房间粉刷成明朗的白色，在窗上挂上一幅美丽的窗帘，在墙角做一个书架，给灯泡换一个温暖而温馨的灯罩。房间布置得美丽，是享受生命、改变心情的第一步。然后，当我发薪水的时候——如果我是你，我要给自己用极少的钱，去买一件美丽又实用的衣服。我会在又发薪水的下一个月，为自己挑几样淡色的化妆品。

当然，薪水仍然是每个月会领的，下班后也有四五个小时的空闲，那时候，我可能去青年会报名学学语文、插花或者其他感兴趣的课程，这是改换环境又充实自己的另一个方式。你看，如果我是你，我慢慢地在变了。

不快乐的女孩，请你行动吧！不要依赖他人给你快乐。你先去将房间布置起来，勉强自己去做，会发觉事情没有你想象的那么难，而且，兴趣是可以寻求的，东试试西试试，只要心中认定喜欢的，便去培养它，让它成为下班之后的消遣。

可是，我仍觉得，在这个世界上，最深的快乐，是帮助他人，而不只是在自我的世界里享受——当然，享受自我的生命也是很重要的。你先将自己假想为他人，帮助自己建立起信心，下决心改变一下目前的生活方式，把自己弄得活泼起来，不要任凭生命再做赔本的流逝和伤感。起码你得试一下，尽力地去试一下，好不好？

享受生命的方法有很多很多，问题是你一定要有行动，空想是不行的。下次给我写信的时候，署名"快乐的女孩"，将那个"不"字删掉好吗？

你的朋友三毛上

包子和饺子

◎余 华

在我小时候,包子和饺子都是奢侈食物,只有在逢年过节时才有希望吃到。那时候,我还年轻的父亲手里捧着一袋面粉回家时,总喜欢大叫一声:"面粉来啦!"然后,我父亲用肥皂将脸盆洗干净,把面粉倒入脸盆,再加上水,就开始用力地揉起了面粉。我的工作就是使劲地按住脸盆,让它不要被父亲的力气掀翻。这时候,我父亲就会问我:"你猜一猜,今天咱们吃的是包子呢,还是饺子呢?"

我需要耐心地等待。我要看他是否再往面粉里加上发酵粉,如果他加上了,又将脸盆抱到我的床上,用我的被子将脸盆捂起来,我就会立刻叫:"吃包子。"如果他揉完了面粉,没有加发酵粉,而是将调好味的馅儿端了出来,我就知道接下来要吃到的一定是饺子了。

我在读小学的时候,每一个学期都会安排一次学工,或者是学农和学军。学工就是让我们去工厂做工,学农经常是去农村收割稻子,而我们最喜欢的是学军。学军就是学习解放军,让一个年级的孩子排成队行军,走向几十里外的某一个目的地。在学军的这一天,我在天没有亮的时候就会出门,走到街上,用母亲给的一角钱买包子,那是刚出笼的包子,蒸发着热气,带着麦子的香味来到我的手中。

我活了三十多年,不知道吃下去了多少包子和饺子,我的胃消化它们的同时,我的记忆也消化了它们,不过有一次令我难忘。那是十年前,我和几个朋友去天津,天津的朋友请我们去狗不理包子铺吃饭。

那天,我们在包子铺坐下来以后,刚好十个人。各式各样的包子一笼一笼端了上来,每笼十个包子,正好一人一个。刚坐下来的时候,我们雄心勃勃,准备将所有的品种全部品尝一下,可是吃到第三十六笼以后,谁也吃不下去了,每个人的胃都撑得像包子皮一样薄。于是我们小心翼翼地站起来,小心翼翼地来到了街上。

我们一行十个人站在街道旁,谁也不敢立刻过马路,我们吃得太多了,使我们走路都非常困难。那天下午,我们就这样站在街道上,互相看着,嘿嘿地笑。我们一边嘿嘿地笑,一边打着嗝,打出来的嗝有着五花八门的气味,这时候我们想起了中国那个古老的成语——百感交集。

用渺小的卑微去对抗命运

◎独木舟

朋友给我打了一个电话，在电话那端，他有些迟疑，也有些小心翼翼，说了一堆"这不是任务，你不想做就直接拒绝，没关系的"之类的铺垫，末了，缓缓地说："我们想做关于抑郁症的专题。"我停顿了一会儿说："你让我想想。"

晚上他叫我出去吃饭，一直没主动提这件事，是我自己告诉他，我愿意接受这次采访。他的眼神里有点惊讶，我说其实就我个人来说，我当然不愿意在纸媒上去谈论这件事，一旦谈论，就有立场，有立场就会有风险，我没必要给自己找麻烦。

但是为什么我选择了接受？我想，就像我在二十一岁的时候写在《深海里的星星》中的那句话一样：这世上没有感同身受这回事，针不刺到你，你就不知道有多疼。

那年我的情绪陷入了史无前例的低谷，有好几次，我几乎离那一步只有一厘米的距离了。我在失眠痛哭的夜里，在我的微博上写下我的心情，除却关怀的声音，还有一大部分人指责我不够坚强，无病呻吟。我跟那些人争吵，骂脏话，爆粗口，拉黑他们，他们又换"马甲"来，如此周而复始。在那样的情况下，得不到理解，得不到慰藉，一句指责的话语，几乎可以置人于死地。

我对我的朋友说，我接受这次采访，是因为我知道这个群体承受了多么大的压力和多么深的误解。很多人说那些选择离开的人是对生命不负责任，可是将心比心地想一想，如果能够活下去，谁会不愿意活下去，谁愿意抛下自己的亲人、朋友、爱人，奔赴死亡。如果我所说的话，我所经历的痛苦和挣扎，能够改变哪怕一个人的想法，能够使哪怕一个人得到周遭的理解和关爱，那么这次采访就有价值。

我想说的是，软弱并没有过错，它只是生命形态的某一个折射，在面对自己所未经受的苦难面前，即使我们不能够理解，但至少可以沉默。

借用加缪的一句话来说，人生越没有意义，反而越值得去经历。所有不快乐的人，我们都可以用这句话来勉励自己：愿以自己渺小而卑微的力量，去对抗这稀松平常的命运。

每一次物是人非，都是你宝贵的起点

◎孙晴悦

看到一个姑娘在朋友圈中发了一张她三年前和现在穿同一件衣服的对比照，配文写着"不比不知道，一比吓一跳，不知是岁月无情还是太忙的缘故，三年前后，衣是人非，好让人揪心"。

我记得去年的这个时候，我在朋友圈也发了一张近期出镜的照片，同时写着"可是，三年，物是人非，哪有永远不老的容颜"。现在想想，那个时候的自己过于矫情，世间常态，又何必放在心上。

几年前，知道要去拉美驻外的那天，我简直高兴得能飞上天。记得那时候拍了一张照片，一个姑娘推着三辆行李车，对着镜头傻笑。三年以后，从拉美回来，收拾行李订机票，只用了三天。在那三天里，和大家一一告别，然后就头也不回地奔向新生活了。好多人问我，你想过再回巴西吗？没有，真的一点都没有。不是因为那段时光不好，恰恰因为那段时光太好了，以至于我一定要沉静下来，努力积淀实力，让未来过得更好。所以，那些物是人非的时刻，无须顾影自怜。很多姑娘在后台问我，无法从过去的恋情中走出来，要如何才能有勇气去过新的生活。何必这么伤感，亲爱的姑娘，每一次物是人非，都是你宝贵的起点。

H小姐是我的闺密，从校园里到工作后，她经历了一段我们一度非常羡慕的完美校园恋情。后来，他们在一起六七年以后，经历了各种"狗血"，他们分手了。很长一段时间，我都没有问她，她怎么样了。我不敢问她。那么长的时间，那些从校园到工作的场景，她要如何安放那些回忆，要如何在那些物是人非里，触景伤情。可是后来，这些都没有发生。H小姐比往常更努力工作，每次和她发微信，她都在加班。再后来，她兴高采烈地说着她自己买了一套房子。过了很久以后，我再次和她提起她的前任，她轻描淡写地说了下面的话："每一次物是人非，我都没有害怕。因为你只有兴高采烈地去迎接未来，未来才有可能比过去更好。"

亲爱的，如果过去很美，那么请好好珍藏，并且一定要把未来过得更好，才对得起那些美好的过去。如果过去并不美，那就更要好好努力，把现在和未来过得至少比过去好。

被管理的心

◎梁文道

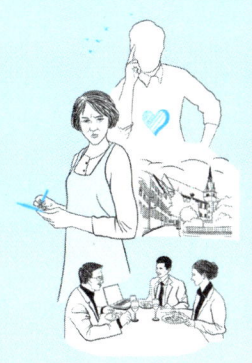

  大概是两年前，和几个教大学的朋友在一场研讨会结束之后，去一家爱尔兰式酒吧吃炖肉薯仔填肚子。一位男教授召唤侍者过来准备点菜。怎料那侍者的态度晦气，餐牌基本上是整沓丢到桌上的，而且言语十分粗暴。但整桌学者都是斯文人呀，男教授只好忍气吞声地说："对不起，我还想要碟炸薯条，可以吗？"侍者没好气地瞪一眼，点个头就走了。目送侍者离去之后，男教授摇头叹道："嘿！现在的服务人员怎么如此差劲。"然后一个更激进的女教授正色地说："你怎么知道她今天中午的服务态度是不是这个样子呢？说不定她已经在这里站站走走了一整天，又说不定她今天受过很多客人的气。"听罢她这推己及人、关怀弱势的言论，举座莫不称善，那位男教授更是自愧不如，深切自省起来了。

  说实在的，上餐馆因为侍者态度不佳吃回来一肚子气的经验，有谁没有过？大家都说，去吃饭是享受，一家餐厅有责任提供令人愉悦的用餐环境。但又有谁真的试着从侍者的角度去理解什么才叫一个使人愉悦的工作环境呢？

  美国社会学家阿莉·霍赫希尔德在她的名著《被管理的心》里提出了一个非常重要的观念——"情绪劳动"。这个观念指的是一种当时新兴但至今不衰的管理模式，就是不要只顾着管理雇员的行为，而是要直接管理他们的情绪和他们的心。

  最理想的餐馆侍者当然是热爱食物甚至热爱食客的人，但是我敢打赌，今天大部分的餐饮服务人员都是为了糊口才干这行的。既然一个人不是生来就爱给客人上菜、倒酒、听训话的，我们只好想办法改造他，使他相信人生最大的意义就是客人吃得放心、吃得开心。改造人性，就是情绪劳动和心之管理的真谛。

  想起来也真惨，从前上班是上班，做人是做人；我大可以把上班打工当成一场不情愿的戏，下班脱去伪装之后再还我本来面目。但如今，情绪劳动早就从餐馆跑到各地，成为今时今日的服务态度了。老板们不只要我的人，还要我的心。而一家理想餐厅，在这个意义上正是整个社会的缩影。

  回想那晚遇到的侍者，我们在那一刻看到的她，是否就是被改造过的性格在长时段工作后崩裂脱落、情绪逐渐失控显露出来的真正自我呢？

舒适区终有一天会毁掉你的青春

◎李尚龙

在大城市里，搞废一个人的方式特别简单：给你一个安静狭小的空间，给你一根网线，最好再加一个外卖电话。好了，你开始废了。以自己为圆心，自己的手为半径，开始画个圆。你会发现你所有需要的东西，都在这个圆圈里。

这个圈，叫作舒适圈。人有一种习惯，就是总喜欢在舒适熟悉的环境里待着。这种"舒适区"一旦被建立，人就会变得无比依赖，慢慢地爱上了周围的墙，恋上了这舒适的小屋，从而不愿意飞出去看看，怕看到外面熙熙攘攘的世界。

我想起一个朋友，毕业去了一家国企上班，每天朝九晚四，日子像上了发条一样。我跟她聊过舒适区，她告诉我：我这才不是舒适区，我可是每天都要按时工作的，很规律很努力。我说：那你感觉到自己有什么变化吗？她想了想，说：好像还真没有。其实，舒适区分为两种：一种是成天无所事事；另一种更可怕，因为很难意识到，就是无意义有规律的循环。而后者，更是许多人的生活状态。

我曾经见到一个在医院门口收费的哥们儿，他每天摆着一副臭脸，谁也不能多问他一个问题，否则他会大发雷霆。可是他一下班，脸上就露出了笑容。后来，我明白了，只有下班后，他才走出了自己的舒适区，开始了多姿多彩的生活。所以，只有一个人的舒适区被打破，他才能见到突破和卓越，从而享受持久的幸福。

我特别怕自己在年轻的日子里，把日子过成发条，只剩下嘀嗒。于是，从开始工作第一天起，我就没有坐过班，即使是现在创业，董事会非要求坐班，我也断然拒绝。正因为不坐班，我能用大把属于自己的时间做许多事情，跨了几个领域，这些领域能互相协作，而且都做得不错。其实，我不愿意坐班还有个原因，就是我特别了解自己的惰性，一旦我的日子变得循规蹈矩，每天都有固定的方式方法，慢慢地，我就失去这么强的创造力和闯劲儿了。

关于走出舒适区，并不是盲目地辞职，相反，你应该有一份保底、让你活下来的工作，除此之外，一定要给自己的生活埋下一些彩蛋：去吃一次没吃过的超辣鸡翅；去表白一个只见过一次的姑娘；去看一本一直想看的书。所以，别让舒适区毁掉青春，相反，应该趁着青春，去围墙的外面看看。

贰·春花秋月

草木虫鱼的生活

□朱光潜

从草木虫鱼的生活中，我得出一个经验：我不在生活以外别求生活方法，不在生活以外别求生活目的。

你如果问我：人们应该如何生活才好呢？我说，就顺着自然所给的本性生活，像草木虫鱼一样。你如果问我：人们生活在变幻无常的世相中究竟为了什么？我说，生活就是为了生活，别无其他目的。你如果向我埋怨天公说：人生是多么苦恼呵！我说，人们生在这个世界并非是来享福的，所以那并不算奇怪。

这并不是一种颓废的人生观。你如果说我的话带有颓废的色彩，我请你在春天到百花齐放的园子里去，看看蝴蝶飞，听听鸟儿鸣，然后再回到十字街头，仔细瞧瞧人们的面孔，你看谁是活泼的，谁是颓废的？

请你在冬天积雪凝寒的时候，看看雪压的松树，看看站在冰上的鸥和游在水中的鱼，然后回头看看遇苦便叫的那"万物之灵"，你以为谁比较能耐苦持恒呢？

繁 盛

◎李 娟

一百多年前,最早决定定居此处的那些农人,一定是再无路可走了。他们一路向北,在茫茫沙漠中没日没夜地跋涉。走到高处,突然看到前方深嵌于大地的绿色河谷,顿时倒下,抚地大哭。

他们随身带着种子,那是他们在漫长的流浪中唯一不曾放弃的东西。他们以羊肠灌水,制成简陋的水平仪勘测地势,开渠垦荒。

又过去了很多很多年,我们才来到这里。我们面对的是一片逾万亩的新垦土地。仿佛什么都不曾发生。

其实这块土地并不适合种植向日葵。它过于贫瘠,向日葵又太损地力。但是,与其他寥寥几种能存活于此处的作物相比,向日葵的收益最大。如此看来,我们和一百年前第一批来此处开荒定居的人没什么不同。

记得第一年,我们全家上阵。九十五岁高龄的外婆也被带到地头。出发头一晚,无星无月,我们连夜处理种子。我妈和我叔叔用铁锹不停地翻动种子,使之均匀地沾染上红色的农药。我在旁边帮忙打手电筒。整夜默默无语,整夜紧张而难挨。我跟去地头帮了几天忙就离开了。听说第一年非常不顺。先是缺水。轮到我家用水时常常已是半夜,我妈整夜不敢睡觉,不时出门查看,提防水被下游截走。接下来又病虫害不断,那片万亩葵花地无一幸免。

冬天回家,我问我妈赔了多少钱。她说:"咱家种得少也赔得少。后来打下来的那点葵花好歹留够了种子,明年接着种!我就不信,哪能年年都这么倒霉?"外婆倒是很高兴,她说:"花开的时候真好看!金光光,亮堂堂,你没看到真是可惜!"

整个冬天,阿克哈拉洁白而安静。我心里惦记着红色与金色,独自出门向河谷走去。我站在冰窟旁探头张望,漆黑的水面幽幽颤动。抬起头来,又下雪了。我看到一百年前那个人冒雪而来。我渴望如母亲一般安慰他,又渴望如女儿一样扑上去哭泣。

不要让过分的攀比毁掉自己

◎ 蒋光宇

在南美洲的亚马逊热带雨林里有一种美丽的小鸟,全身羽毛多是翠绿色,并有一圈一圈的波纹做点缀,因此得名翠波鸟。翠波鸟经常忙忙碌碌地筑巢,建造的巢穴常常比自己的身体大几倍,甚至十几倍,因而显得很疲惫。

翠波鸟的体长不过五六厘米,为什么要建造比自己的身体大很多倍的巢穴呢?为了解开这个谜,科学家做了下面的实验。

科学家做了一个很大的笼子,先放进一只翠波鸟,开始观察它筑巢的过程。结果发现,这只翠波鸟把巢穴建造到仅够容纳自己身体大小的时候,就停工了。此后,科学家又放了一只翠波鸟到这个笼子里。后进来的这只翠波鸟不甘落后,奋起直追,疯狂筑巢。第一只进入笼子里的翠波鸟也重新竭尽全力地筑巢。两只翠波鸟不停地攀比,两个巢也越建越大。它们都筋疲力尽了,筑巢的速度也明显地慢了下来,但是仍都不肯放弃。又过了几天,第一只翠波鸟竟然累死了。第二只翠波鸟因没有了攀比对象,就立刻停止了筑巢。

科学家通过反复实验得出了一个结论:翠波鸟的攀比心理太强,容不得别人的巢穴比自己的大,一旦发现别的翠波鸟在旁边建"房子",便开始马不停蹄地扩建自己的"房子"。

其实,人和翠波鸟一样,很容易犯过分攀比的错误。正如老子在《道德经》中所告诫的:"名与身孰亲?身与货孰多?得与亡孰病?甚爱必大费,多藏必厚亡。故知足不辱,知止不殆,可以长久。"意思是:名誉和生命比起来,哪个更为亲切?生命和财货比起来,哪个更珍贵?得到名誉和丧失生命,哪个更有害?过分地热爱名利,就必定要付出更大的代价;过分地积敛财富,必定会遭到更为惨重的损失。所以懂得满足就不会受到屈辱,懂得适可而止就不会遇到危险,这样才可以保持长久的安乐。

苦 瓜

◎肖复兴

原来我家有个小院，院里可以种些花草和蔬菜。那时，母亲每年都特别喜欢种苦瓜。其实这么说并不准确，是我特别喜欢苦瓜。刚开始，是我从别人家里要回苦瓜籽，给母亲种，并对她说："这玩意儿特别好玩，皮是绿的，里面的瓤和籽是红的。"我之所以喜欢苦瓜，最初的原因是它里面的瓤和籽格外吸引我。苦瓜结在架上，母亲一直不摘，就让它们那么长着，一直挂到秋风起时，越老，里面的瓤和籽越红，红得像玛瑙、像热血。当我掰开苦瓜，喜悦地凝视着两片像船一样盛满了鲜红欲滴的瓤和籽的瓜时，母亲总要眯缝起昏花的老眼看着，露出和我一样喜出望外的神情。

此后，我发现苦瓜做菜很好吃。无论是做汤，还是炒肉，都有一种清苦味。那苦味，格外别致，既不会传染给肉或别的菜，又有着苦中蕴含的清香，以及苦味淡去的清爽。

像喜欢院子里母亲种的苦瓜一样，我喜欢上了苦瓜这道菜。每年夏天，母亲经常会从小院里摘下沾着露水珠的鲜嫩的苦瓜，给我炒一盘苦瓜青椒肉丝。它成了我家夏日饭桌上一道经久不衰的家常菜。这样的菜，一直吃到我离开小院，搬进了楼房。住进楼房，依然爱吃这样的菜，只是再吃不到母亲亲手种、亲手摘的苦瓜了，只能吃母亲亲手炒的苦瓜。一直吃到母亲六年前去世。

如今，我依然爱吃这样的菜。因为常吃苦瓜，便常想起母亲。母亲并不爱吃苦瓜。除了头几次，在我一再的怂恿下，勉强动了几筷子。她说过，苦瓜还是留着看红瓤红籽好。可是，每年夏天当苦瓜爬满架时，她依然为我清炒一盘我特别喜欢吃的苦瓜肉丝。

最近，看了一则介绍苦瓜的短文，其中有这样一段文字："苦瓜味苦，但它从不把苦味传给其他食物。用苦瓜炒肉、焖肉、炖肉，其肉丝毫不沾苦味，故而人们美其名曰'君子菜'。"不知怎的，看完这段话，我想起了母亲。

有些花像女孩，有些花像母亲

◎南在南方

北方的冬天，有一点儿绿都惹眼。我小时用破碗种过大蒜，也不是要吃蒜苗，就是想看那一尖一尖的绿。有一年供祖，我把蒜苗放在香案上，祖父高兴，说要是能开花就好了。我说，有种叫水仙的花，说是冬天能开。祖父说，没见过。其实，我也没见过水仙。

后来，我到城里工作，单位离花鸟市场不远，隔三岔五去看看，偶尔也买点小花小草。那年冬天，我第一次看见水仙，好奇地问："怎么把大蒜当花卖呢？"卖水仙的老头乐呵呵地说："不是大蒜，是水仙。"

我想有一盆水仙，于是选了一个白色的水仙盆，老头慷慨地抓了一把小石子儿说，扶水仙的。事情就这样成了。

每天换水，可那盆水仙没有开成，能看见花苞了，却慢慢蔫了。问花市老头，他分析说，可能冻坏了，养水仙要有一扇朝南的窗子，得有光照。而我那间租住的房子没有这样的条件。

后来几年冬天，我没有再养水仙，直到我有一扇朝南的窗。那年的水仙看上去很健康，如同快要分娩的妻子。那时她在小城待产，到预产期时，我请了七天假回去陪护，但假期将尽，并无生产迹象，我只好回去上班。两天后的晚上，我在外面喝酒，那天是我的生日。传呼机响了，我当爹啦。我按捺住喜悦，一声不吭，继续喝酒，只是喝酒。回到家，看见那盆水仙悄然地开了！金盏银台，一共七朵，好像也在表达着喜悦。那是难眠的晚上，房里的灯一直开着，我和水仙款然良对。这盆水仙一直开到春天，我接回妻儿时，它们还开着。一张相片留到现在，妻子抱着儿子，旁边就是那盆水仙。从那之后，我喜欢上养水仙。

冬天的花，朵都小，梅花也好，水仙也好，香气清淡，似乎是自然额外的赏赐，真有点得之我幸之感。于是，清香，清水，清供。

随文笔记

蝉翼玉露

◎王秋珍

都都送了我一盆花。花盆不及拳头大,花儿像由一滴滴绿色的水珠层层环绕而成,摸上去带着俏皮的弹性。这是什么塑料花啊?我向来不喜欢塑料花,觉得它没有生命。当然,我不能辜负了都都的美意。都都是我的学生,上课时忽闪着大眼睛,非常可爱。看见它,我仿佛看见了都都。我把它放在窗台上。即使它不会吐露芬芳,做个装饰也是好的。它的边上,养着新买的观音竹,我经常要去给它添一点水,看看它的根须有没有进一步舒展。

一个月后的某一天,我照常给观音竹添水,不小心弄翻了都都送的花。盆里的白色小碎石跑到了窗台上,又有几颗跑进了花瓣里。我一时有些懊恼,这塑料玩意儿,也太惹事了,不要也罢。这个小花瓶拿来养多肉吧。心念一动,我的手就倏地向它伸去。它离开了小花瓶,细碎的根须瞬间断了。商家也真有意思,连根都做得这么逼真。想着,我又摸了摸它的花瓣,软软的,厚厚的;我随手掰下一瓣,想看看它究竟是用什么做的。

突然间,我的肠子都要悔青了。我看见绿色的泪水流了出来,濡湿了我的食指。真相像一枚长长的小针,毫无预告地扎在我的心口。它的主人以为我会爱它,把它送给了我,我却一直当它是塑料做的,对它不理不睬、不闻不问,甚至因为上面的小碎石而心烦。也许,亡羊补牢,为时不晚。我赶紧把没根的它种回小花盆里。我希望它能听见我的忏悔,挺过这个异常炎热的夏天。至此,我才想到它应该有名字。它,有个美丽的名字——蝉翼玉露。夏天,它在休眠。等它醒来,会繁衍得热热闹闹,剔透美丽。

在生活面前,我们都是学生,需要学习的太多太多。有时候,我们会自作聪明,先入为主。我们给身边的人贴上了标签,却根本不曾真正走近他们,了解他们。如此,伤害无法避免。但愿,我知道得不算太晚。

随文笔记

一朵稻花，就是一朵微笑

◎沈希宏

稻谷粒着生在穗上。一个穗子会结数百粒稻谷，密密麻麻，挤挤挨挨。所以，你知道了吗，"穗"字的笔画会那么多的原因。

一亩田有多少穗，每一穗有多少粒，每一粒有多重，这三者基本就决定了水稻的亩产量。对科研而言，这也无疑是要倍加注重的。古时选种，往往截取穗端，穗端先熟枝其实大。南宋的陆游好像也选过种，他写的《秋词》说："穗多粒饱三倍熟。"陆九渊也深谙其道，以深耕的办法来提高穗粒数。他说："吾家治田，每用长大镢头，两次锄至两尺许深。"果然他家的稻穗又大籽粒又多，人家的是三五十粒，他家的是六七十粒。穗选，在现代仍是一种基本方法。经常可以看到农家的梁上，满满挂着饱满的稻穗，留到第二年再种。现代育种进展迅猛，培育的大穗子品种很多，动不动就三四百粒一穗，煞是壮观。可是穗子并不是越大越好。我曾经选到过一个扫把那么大的水稻品种，穗子长达40厘米，一穗就多达900~1000粒。狂高兴了一阵，后来发现大而无当。这种极端个体，也许可以申请吉尼斯纪录，而事实上并不适于生产应用。穗子过大，营养物质输送困难，茎秆也无法承其重，还容易受到病虫攻击。平安最是要紧。

稻子给了人类供养，人们也赋予了稻穗很多庄严象征。我国国徽上的谷穗，与齿轮一起，象征着工农联盟。一些国外发行的钱币上，也有稻穗符号，还有梯田。我特意收藏了几枚。毕竟这代表着劳动与收获。

说得再远古一点。《说文解字》里说"穗"：禾成秀也，人所以收。浙江嘉兴，就是因嘉禾而兴得名的。"穗城"是广州市的别称，相传是古代五羊衔穗而来。禾穗初挺出于苗，是日穟既成，则出而下垂矣。稻穗承担起了稻谷的所有重量，而弯下了腰。稻穗的心态，是谦虚。穗子也是水稻的金项链，一生挂在脖子上。

随文笔记

雪 赋

◎胡竹峰

立冬之后,到底冷了。风也多了起来,钻进人的棉衣里,也钻进树梢山头。小时候喜欢玩雪,现在是看雪,看雪比玩雪格调高。但玩雪有一片灿烂一片天真,常常令人怀念。雪可以看,雪也可以听。在暗夜的静中听雪,倘或是瓦屋,听觉上总是会给人一种诗意。总觉得那些飘动的雪影是夜里浮动的暗香,幽幽然消散而下。

记得有一年落雪,竹子、茶树、松柏都冻住了。雪压着它们,晶莹中但见一抹深绿。窗户玻璃上也布满冰凌花,像贴了无数白色的星星,不过这是别人家的景致。我家窗户照例只用光连纸蒙着,纸变潮了,湿汩汩地耷拉在窗格上,隔住一窗风雪。

落雪的时候,总想出去玩。去看屋后的池塘,还有屋前的田垄。赏雪之地要幽要阔,幽中取静,阔处见深。夜雪初霁,雪光混在云里雾里,混在山石与草木上,幽幽闪动,无处不在,充满所有的空间。甚至穿过窗户,投入室内,与室内的石灰白墙融为一体,人心骤然充满光亮。室内雪光大亮,给器具杂物上镀了一层很淡很淡的柔光,像时间形成的包浆。阳台上衰败的藤草,在雪光的蒙蒙光亮中仿佛前朝旧物。此时,室内空气也是冷白的。如果是下午,夕阳的金光与雪光的冷白交融,定睛细看,空气中浮动的尘埃以金黄的冷白色或者以冷白的金黄色,在半空中自由无声地缓缓游弋。

雪后遍地银白,反衬天色愈益无穷的湛蓝深远,在头顶上空无边无际地展开。冬日雪后的天空似乎更大了,人忽觉渺小。

暮夜交接时分,在雪地里看星空。山顶阁楼亮起一盏孤灯,风很冷,顺衣领而下。河流凝住了,波纹不生。寒空中星星闪烁,半弯月亮悬挂在旷野天边。人冷冷看着那星月,星月冷冷看着人,对视久了,忽生凉意,忽有悲欢。独行雪地,两行足迹从山顶到山脚,孤单决绝。转身回望,定在那里,突然痴了。

少年时敞头淋雨,中年后撑伞避雪。

削石成瀑

◎ 立 新

  天柱山是安徽境内的一座石头山，又名皖山、皖公山（安徽省简称"皖"由此而来），最高的天柱峰海拔约为1489米。山呈花岗岩地貌，2011年被联合国教科文组织批准为"世界地质公园"。

  天柱山上有许多条"石瀑"：裸露的巨型石壁上，挂着的一条条"瀑布"，实则是一条条内陷的石沟——山上的流水，成年累月沿着石壁朝下流，渐渐流削出一条条凹槽石沟，远远望去犹如一条条瀑布，非常壮观。其数量之多，全国罕见。水滴穿石，我没有亲眼见过，但天柱山上的石瀑我是见过多次的，坚硬的花岗岩，硬是被看似柔弱的流水给削出一条条沟槽来。那么流水流削了多少年呢？

  据科学史料记载，天柱山形成于26亿年前的太古代，200万年前的第四纪晚期（喜马拉雅期），天柱山高度急剧上升到海拔1000米以上，大体成为今天的模样。也就是说，流水至少沿壁流削了200万年，才呈现出如今的"石瀑奇观"。

  天柱山上还有许多"飞来石"，尤其是在"飞来群峰"景点处：三台峰、飞来峰、衔珠峰……一块块巨大的石头悬立于母石之上，像是从远处飞过来的，风吹不倒，雨打不倒，展示出自然奇观的神奇。实际上，它们并不是飞来的，而是由1.28亿年前的早白垩纪花岗岩形成的峰丛景观，是花岗岩沿水平节理侵蚀坍塌之后留下的残余岩块，经过上亿年的风吹日晒，磨去了棱角，被后人想象成各种形状。最高的天柱峰亦是如此，它犹如一棵石笋，高高耸立于山之巅，成为白居易笔下的"天柱一峰擎日月，洞门千仞锁云雷"。

  石瀑、飞来群峰和天柱峰奇观的形成，说到底，都归功于大自然和时间的力量，是几百万年，乃至上亿年的风雨雕琢、寒霜侵蚀的结果。"冰冻三尺，非一日之寒；滴水穿石，非一日之功。"绵绵用力，久久为功，自然界的奇观大都是如此形成的。人成就一番作为，也绝不可能一蹴而就。

一豆而知天下味

◎蔡要要

恐怕世上没有一个民族比中华民族更懂美食，光是一味黄豆，就已能烹出天下无双之美味。一颗颗黄豆泡得圆润饱满，磨出的先是白如琼脂的豆浆。滤出豆渣，点上卤水或者内酯，便成了豆腐。再进一步可制成豆干、豆花或者豆皮。还可以再加工成油豆腐、臭豆腐。

在一味豆香里悠悠品出滋味，这也是一大妙事。

嫩嫩的水豆腐，用滚烫的开水一浇，烫得豆腐颤巍巍地抖动。皮蛋葱花切碎，加一点儿生抽老醋，香油滴上几滴，再来一勺油辣子。佐以老酒，自然是偷得浮生半日闲，而主妇们用此菜配白粥，居然能吃出螃蟹味，直到拍着肚皮再也喝不下半口粥方能停筷。而老豆腐也不差，比起嫩豆腐更显得紧致丰腴。下班回家的路上买上一块，快刀切成厚片，热锅凉油煎成黄金色；拍几瓣蒜，撒几粒花椒，薄薄几片五花肉在锅里熬出油来，煎好的豆腐回锅翻炒几下，临出锅洒上一点儿生抽，香得人口水都要掉下来。豆花更是神物，可甜可咸，我喜欢吃甜的。白豆花里放一勺红糖水，我最喜欢夏天吃。看着小贩从冰桶里挖出一大勺豆花，不忘嘱咐他多加点儿豆花水，轻轻拿起小勺一搅，"咕噜咕噜"喝下去，暑气顿消。

还有冻豆腐，在冰箱冷冻层里放了一宿，冻得豆腐坚硬如铁，切大块儿，和大白菜肥肉片一起炖，撒一点海米，只用盐巴调味。炖得白菜软糯，豆腐温顺的时候，关火，热腾腾端上桌，小家碧玉的豆腐也瞬间有了豪迈的江湖气。至于臭豆腐，一定要在刚炸出锅的时候，浇上辣子，放入香菜末和辣萝卜丁，湖南人没有不爱吃臭豆腐的，吃起来也不觉得臭，反而能吃出豆子本身的清香。

想想，吃豆腐吃了二十几年，没学到豆腐的软糯温顺，也没学到豆腐的兼容并包，只有一副胃肠，在有限的生命里，继续感受那只靠一点黄豆散发出的浓浓人间烟火气和温情。

随文笔记

鸟

◎梁实秋

从前我常见提笼架鸟的人，清早在街上溜达。我感觉兴味的不是那人的悠闲，却是那鸟的苦闷。胳膊上架着的鹰，有时头上蒙着一块皮子，羽翮不整地蜷伏着不动，哪里有半点瞵视昂藏的神气？笼子里的鸟更不用说，常年被关在栅栏里，饮啄倒是方便，但是如果想要"扶摇而直上"，便要撞头碰壁。鸟到了这种地步，我想它的快乐，大概是仅优于在标本室里住着吧？

我开始欣赏鸟，是在四川。黎明时，窗外是一片鸟啭，不是叽叽喳喳的麻雀，不是呱呱噪啼的乌鸦，那一片声音是清脆的，是嘹亮的，有时是独奏，有时是合唱，不知有多少个春天的早晨，这样的鸟声把我从梦境中唤起。等到旭日高升，市声鼎沸，鸟就沉默了，不知到哪里去了。一直等到夜晚，才又听到杜鹃叫，由远叫到近。世界上的生物，没有比鸟更俊俏的。多少样不知名的小鸟，在枝头跳跃，有的曳着长长的尾巴，有的翘着尖尖的长喙，有的是胸襟上带着一块照眼的颜色。我爱鸟的声音、鸟的形体，这爱好是很单纯的；我对鸟并不存任何幻想。

在东北的一间双重玻璃窗的屋里，忽看见枝头有一只麻雀，战栗地跳动抖擞着，在啄食一块干枯的叶子。但是我发现那麻雀的羽毛特别长，而且是蓬松戟张着的，像是披着一件蓑衣，立刻使人联想到那褴褛而臃肿的人，那形容是一模一样的。那孤苦伶仃的麻雀，也就不暇令人哀了。

自从离开四川以后，不再容易看见那样多型类的鸟的跳荡，也不再容易听到那样悦耳的鸟鸣。只是清早遇到烟突冒烟的时候，一群麻雀挤在檐下的烟突旁边取暖，隔着窗纸有时还能看见伏在窗棂上的雀儿的映影。黄昏时偶尔还听见寒鸦在古木上鼓噪，入夜也还能听见那鸱鸮的怪叫。再令人触目的就是那些偶然一见的囚在笼里的小鸟儿了，但是我不忍看。

随文笔记

甲虫取水的哲学

◎ 华 姿

纳米布沙漠的降雨量非常少,有时甚至一年不下一滴雨。那么,生活在这里的动物们,是靠什么来补充水分的呢?

雾。纳米布沙漠虽然干燥,但离海不远。海上的雾气可以随风飘入沙漠,并在气温较低的夜里,凝结成露珠。动物们就靠这些露珠来补水。为了收取到足够的露水,动物们使出了浑身解数,招式可谓五花八门,无奇不有。比如小甲虫,其取水的方式就很奇特。

天刚擦黑,甲虫们就成群结队地往沙丘的顶上爬去。爬到顶上后,它们就背对着雾来的方向,将头插进沙里。然后,它们就这样一动不动地倒立在沙丘上,等雾气一点一点地凝结在它们身上。从海上飘来的雾气,就在它们的背上一点一点地凝结着,最后成了一滴一滴的水珠。又因它们一直倒立着,水珠便顺着它们背上的沟槽,慢慢地、一滴一滴地,流到了它们的嘴里。就这样,当曙光初现时,小甲虫便已收集到了相当于它们体重的40%的水分。这些水分足够它们在酷热的太阳下度过一整天了。

但这只是一种甲虫的取水方式。甲虫种类繁多,沙漠甲虫也是。它们虽然生活在同一片沙漠里,但取水方式全然不同。

我们再来看看另一种。天刚擦黑,甲虫们就成群结队地往沙丘的迎风坡爬去。爬到迎风坡后,它们就低下头,用头上的触角在迎风坡上划出一道道小沟,就像农夫犁地一样。小沟是平行排列的,一条挨着一条,每两条之间都有一条突起的沙棱。夜越来越深,气温越来越低,雾霭越来越浓,而凝结在沙棱上的水珠,也就越来越多了。跟平地上的水珠相比,沙棱上的水珠多出了两到三倍。甲虫们贪婪地舔食着水珠,在日出之前,它们也吸收到了足够的水分。

我们无法改变世界,但可以改变自己。所以,当你觉得环境不好而又无力改变时,任何埋怨都是没用的,唯一的出路就是像沙漠甲虫那样,设法在现有的条件下生存,并有所作为。

随文笔记

致命的伤

◎王国华

猎豹奔跑起来像射出的箭一样，飞快地朝猎物射去。那姿势优美极了，即使用慢镜头播放，你也找不出任何瑕疵。很少有猎物能在猎豹的追逐下逃命。

但捕捉到猎物只成功了一半，守住猎物将面临更大困难。一只猎豹猎杀了一只小疣猪。母疣猪数次冲过来要跟猎豹拼命。它冲过来的时候，猎豹撒腿就跑。等母疣猪走远了，猎豹才返回来继续吃。如是者三。旁观者不理解，疣猪虽然长了獠牙，但毕竟是猪，豹子怎么会被一头猪吓得直跑呢？

一只猎豹正在吃一只鹿，一只鬣狗闻着气味赶过来了。这丑陋的动物先是小心翼翼地看看猎豹，然后一步一步挪过来。它每进一步，猎豹就退一步。最后鬣狗占有了那只鹿，大口大口地撕咬起来。猎豹只能远远在一旁看着，眼神里充满无奈。那只肮脏的鬣狗虽然健壮，但体形较小，若正面交手，猎豹是有优势的。而从猎豹的神情看，它显然不愿这样做。

豹子有速度、有爆发力，却也因此身体柔软，骨头长而细。当然，瘦死的骆驼比马大，跟其他动物撕咬，猎豹不一定输，但它总会多多少少受点伤。受伤是什么概念？就是从此变为残疾。

一只猎豹腿瘸了，或者爪子被咬坏了，它便无法再捕猎，只能一瘸一拐地去偷其他小型动物捕获的猎物。这还不是最可怕的。事实上，一旦受伤，光靠偷食根本无法维生，最后的结果只能是活活饿死。可以设想，为了一顿美餐，付出如此代价何其惨痛。

对于某些动物来说，伤痕是一种资本。每一个伤痕都能让它的皮肤更坚韧、骨头更结实、绒毛更柔滑，智力得到大幅提升。但对于另外一些动物来说，每个伤痕都是致命的伤，它们已足够完美，伤痕即伤害；它们面对斗争，第一选择是保证不能受伤，第二才是胜利。这时候，逃跑何尝不是一种胜利呢？

随文笔记

丁达尔效应：美丽的负指标

◎纪中展

你见过"太阳光芒万丈的样子"吗？

前段时间，湖南省双峰县就出现了这样的景象：阳光透过云层间隙射出一束白色的光柱，刺破苍穹，万道光芒挂在天上，美不胜收……人们纷纷拍照，刷屏朋友圈，这些景象也登上了微博热搜。被这景观震撼之余，也有很多网友在问：是什么让阳光这么美？

在西方早期文明中，很多著名的宗教绘画作品里，我们都能看到这个元素。而现在，我们知道这是一种天气现象，要归功于英国著名物理学家丁达尔。1869年，丁达尔发现光的散射现象，这一现象也因此得名"丁达尔效应"。丁达尔效应和光的反射有关：光在传播过程中，会受到胶体粒子的影响，从而出现"光路"。而太阳光照射时，大气中的尘埃、雾气等正好处于太阳的投射面，再经过比较厚重的云层照射下来，形成一道道光芒的视觉效果。

虽然丁达尔现象很美，但从环保的角度看，丁达尔效应与空气中存在的雾气、尘埃有关，一旦环境受到污染，大气中的灰尘达到一定比例，再碰上合适的天气，就会产生丁达尔效应。相反，如果空气清新、干净，人们则很难看到这类光线。具体来说，丁达尔效应的产生很大程度上有赖于我们生活中最常见的细小颗粒物和污染物，这也是人们熟知的会增加PM2.5数值的介质。PM2.5是指"空气动力学当量直径"小于或等于2.5微米的颗粒物。这种颗粒物能较长时间悬浮在空气中，在空气中的含量越高，代表空气污染越严重。而且因为颗粒小，它容易被人吸入肺部，有损健康。

所以，当出现丁达尔现象时，我们必须意识到，此刻空气已经遭到一定程度的污染。因此，丁达尔效应也被用来检测空气中细小颗粒物和污染物的浓度，比如一些汽车品牌举办活动时，就会通过丁达尔效应来证明汽车的空气循环系统的性能。

难怪有人说，丁达尔效应的光芒万丈，美丽又可怕！

随文笔记

"椄"这个字

◎张晓风

有一天,我给一位在宜兰的农人打了个电话,询问有关农艺的事。他原是上班族。几年前,他毅然决定回故乡务农。他决定种"小种西红柿",这是当地在五十年前就努力开发的品种,到了他的农园里,因土地肥沃、气候相宜,产品很快就供不应求。

我好奇,问他秘方,他也大大方方说了——"自有'专人''专技'在焉"——而他,只要按规矩办事就行了。原来他用的是嫁接法,此技自古就有,是把想种的作物截一小段,去托生在另一株植物的主枝上。

唉!快八十岁了,对农事中的嫁接术,我仍旧只知其然,而不知其所以然,不免有几分惭愧。我甚至曾经对一个"椄"字大感兴趣,且为之神魂颠倒。此字收在近两千年前许慎的《说文解字》里,现在已经没人用了。相较之下,"椄"字跟"接"字很像,读音也一样,不过把提手旁换成了木字旁。此字的解释是"续木"。

但有一件事让我想起来就惊喜万分。其实,我根本无须外求,因为,我自己就是一株不折不扣经过嫁接的植物呀!

我的老家在苏北。我的祖父努力读书的结果,也只是让他能在邻村做几个农家小孩的塾师。农家户户穷,他能赚取的也只是三餐加住宿而已,家人其实处在饥饿的边缘。

我的父亲靠着向亲戚借贷,去城里读了不收学费的师范学校。而我,像柔弱的小西红柿枝子,出生在金华,却有幸接受教育,投身于茄株粗壮而元气淋漓的主干。我的平生,是以前人的智慧、前人的学问、前人的风骨为砧木而完成的开花结果的过程。

小西红柿只能在短短的一季中,投身于一种砧木,相较而言,人类却可以在漫长的一生中,吸收多重资源。而且,说不定,有朝一日,自己也有机会成为一株劲拔的砧木,可以去"化生"别人,去促养某条柔软的弱枝,让它也能枝繁叶茂,结实累累。

树们活得也挺有意思的

◎马　德

操场上有一排树，本应该活得与世无争才是，可它们的样子，一点也不散淡。这几年，它们一直暗地里憋着劲儿长，棵棵都粗壮，一副谁也不服谁的姿态。每天我在操场上遛圈，就端详着这一排树。前些年，它们都还小，我没正眼看过它们。等我注意它们的时候，它们好像一下子就长这么高、这么大了。

操场上一天到晚，来来往往许多人。也许，它们根本没注意过我的注意。偶有闲下来的树，看到我，也不过瞥一眼，觉得这家伙呆头呆脑的，没什么意思，很快就忘却了。生命中，有太多的事情来过，前年的一场大雪，大前年的那场龙卷风，以及风中暗送过来的秋波，已经让它们应接不暇了。是的，这个世界，你觉得重要的事，别人说忘就忘了。有几棵大树上面，架了喜鹊窝，黑黑的，大大的，老远就可以看见。喜鹊一旦把巢建在某棵树上，就把一辈子的风花雪月都交给了这棵树。春天的早上，我见一只喜鹊蹲在旁边的树上喳喳地叫，西北角的天空，另一只喜鹊一边飞，一边跟它应和。树们聊天的时候，肯定会聊到喜鹊，聊到它们的幕后和人前。

操场南边早年是锅炉房，后来因为治理污染，废了。挺大的一块地方，只有两棵树。树们这么多年也见证了好多事。操场由最开始的炉灰渣跑道换成了塑胶跑道，一墙之隔的一排排平房，都变成了高耸入云的楼宇。就连好多年前，在某个黄昏躲在树后悄悄拉手的男女生，他们的孩子也快上中学了。树们一定也感慨万千，说这个世界变化太快了。

这些树，圈在校园里，一天到晚跟学生在一起。学生跑操，它们也一定跟着跑了很多年。也许，百年后，这些树还在，它们早已成了学校历史和底蕴的一部分。也许，某次改造，它们就会被铲除，一棵不剩。我想，即使树们不说话，也会以自己的方式，打所有急功近利的脸。

随文笔记

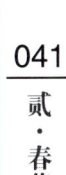

大象哲学

◎冯　仑

以前看电影《狮子王》，我一直觉得狮子是草原上最牛的。我曾经去非洲看过几次动物迁徙。有一次我在肯尼亚，天气突变，电闪雷鸣，所有动物都在跑，连狮子都跑了，只有大象不动。我心里说：狮子怎么这么胆小？后来我发现，在草原上，狮子和大象是两个极端的物种。肉食类动物里，狮子是"大王"。而在整个动物世界，肉食类、草食类动物加起来，大象是"大王"。这很有意思。

大象吃的东西跟狮子不一样，大象吃草，草是大量供应的，不需要跟谁争，但大象得勤奋，无时无刻不在吃，结果长成了最大的个头。狮子刚好相反，它们吃了上顿没下顿，吃一顿管四五天，但一次要吃几十公斤鲜肉。狮子的生存永远是以杀死其他动物为前提的——"你死我才能活"；而大象是"大家都活，只是我比你勤奋"。这两种动物的生存哲学不一样。另外，狮子永远是"先发制人"，否则它就吃不着，所以狮子永远是吃奔跑中的动物。而大象永远是待在那儿，"后发制人"，它们从来不主动攻击。

我就想，一个与人不争又不攻击别人的人，才能成为最牛的人。但似乎这还不够，你这样子，如果别人欺负你了，你还必须有后发制人的本钱。大象怎样"后发制人"？第一，自我防护，它的皮有好几厘米厚。第二，大象能用鼻子和牙把"敌人"挑起来摔死。第三，大象有几吨重，把那些摔不死的"敌人"摔蒙了，大象再走过去把对方踩扁。以上几点都特简单——防护、挑起来、踩扁，没有多余的。我从大象这里体会到一种智慧：要想在竞争当中保持强者地位，只要做好三件事就可以：第一，不争，一定要做"大家都能活"的事情。第二，要保护好自己。第三，无事不惹事，有事不怕事。

我觉得企业也好，个人也好，应该像大象一样。《道德经》讲"夫唯不争，故天下莫能与之争"，大象是这句话典型的写照。

一只死去的狼

◎王　族

　　一只狼，孤独地蹲在那里，歪着脑袋，两眼发着光。我们的车子驰了过去。它慢慢地抬起脑袋，把吊在唇外的舌头软软地甩了几下，然后支起干瘦的身躯，向远处走去。

　　那天，当我以为一只狼已经消失在了旷野中，在我们的车子憋着气往前爬动的时候，它的脑袋又在车窗前出现了。它并未离我们而去，而是一直与我们在一起。或许是车子的轰鸣声被它听成了大地被敲响的那种声音，它心血来潮了，撒开四蹄，腾空而起，与我们的车子展开了较量。

　　我们的车速提到了120迈，而它在车外亦驰骋如斯。车中的四个人彼此心荡神摇，把一只狼看成了一只飞驰的巨鹰。夜黑得像冲不破的网，车外的一只狼，一片奔跑的黑色火焰，如梦中的坐鞍，把我们的心吸引了过去。我们渴望能和它和平相处成轻柔滑翔的同类，奔向高原神秘而不可知的深处。

　　天亮的时候，它却不见了。我们停车朝四下里巡视，没有一丝它的痕迹。而我的周身仿佛仍有无数的火焰在燃烧，内心更是有一种被点燃的感觉。傍晚，那只狼又出现了。它重复着昨夜的动作奔跑。夕阳像是被击晕了一样，跌入山中。

　　"其实，藏北最厉害的动物是狼。"一位苦行僧后来曾这样告诉我，"当狼老了，跑不动了，绝不会在没有遮掩的地方倒毙。它往往在黑夜里消失，没几天，在它消失的地方又会出现一只狼。你分不清它是原来的那只，还是新的一只。狼似乎是一种动物类的代表，生死更迭，永存的只是信念。"

　　我听着他的讲述，感到有越来越疾的奔跑声在敲击我的心胸。一只狼的灵魂飘远，在另一片宽大的土地上，潜入另一只狼的心灵。另一只狼，更多的狼，像儿子赶赴一次生命的盛会一样，跳着黑色舞蹈，无休止地开始追逐。而一只死去的狼，早已做了父亲。

蛇的生存智慧

◎ 关成春

无意中看到一档电视节目：有人想做一个防蛇的装置。这是一个球形滚动装置，把空心球穿在绳线上，倘有重物落上，球便会滚动。设计者说，蛇绝对无法爬过这种表面光滑又爱滚动的球。

最初，这个装置只有一个比拳头大不了多少的圆球。放上一条菜花蛇，只见蛇身辗转，蛇头伸展，菜花蛇毫不费力地绕过圆球，稳稳地爬回地面。设计者很是不服，把圆球的直径加大，大得像光洁的排球。菜花蛇沿着绳线爬过来，见了这个庞然大物，伸出头来探测一番，尾部缠紧，蛇头伸展，稍做努力便把细长的身体运送到圆球的另一端。

设计者有些急了。这回，是一大一小两个圆球，菜花蛇又被送上了绳线，它慢悠悠地爬过来，头部刚搭到球上，球便滚动起来；菜花蛇一点也不紧张，顺势向前游动，顺着球的弧度把柔软的身子拧成横的"8"字，牢牢地缠住绳线，稳稳地爬过这两个让设计者自信满满的球。

设计者急得直挠头，不服气地又连加了两个球，那些球的直径加起来比蛇的身体还要长很多，这回，菜花蛇真的掉到了地上。设计者终于露出胜利的笑容，大家也都认为，他的防蛇装置设计成功。这些自以为是又目空一切的人啊，总是以为自己手段高明，又哪里能领略蛇的智慧呢？菜花蛇的长度毕竟有限，倘若有另外一种比它更长的蛇，哪怕是五个圆球，也会成为蛇恣意攀爬的通途吧？

"天下之至柔，驰骋天下之至坚。"把障碍变通途，把弱势变优势，柔软，顺应，关键时刻可以转个弯蜿蜒蛇行——原来，蛇的生存方式接近于智。学会顺应，这便是蛇的生存智慧。只有顺应自然的法则，顺应命运的安排，才能一路顺风顺水，走向通途。"顺"不是怯懦猥琐，敛首低眉，而是一种放达，一种坦然，一种从容淡定的人生智慧。

随文笔记

珍珠鸟

◎冯骥才

真好！朋友送我一对珍珠鸟。放在一个简易的竹条编成的笼子里。有人说，这是一种怕人的鸟。我把它挂在窗前。那儿还有一盆异常茂盛的法国吊兰。我便用吊兰长长的、串生着小绿叶的垂蔓蒙盖在鸟笼上，它们就像躲进深幽的丛林一样安全；从中传出的笛儿般又细又亮的叫声，也就格外轻松自在了。

阳光从窗外射入，透过这里，吊兰那些无数指甲状的小叶，一半成了黑影，一半被照透，如同碧玉；斑斑驳驳，生意葱茏。小鸟的影子就在这中间隐约闪动。我很少扒开叶蔓瞧它们，它们便渐渐敢伸出小脑袋瞅瞅我。

我们就这样一点点熟悉了。三个月后，那一团愈加繁茂的绿蔓里边，发出一种尖细又娇嫩的鸣叫。我猜到，是它们有了雏。我呢？决不掀开叶片往里看，连添食加水时也不睁大好奇的眼去惊动它们。过不多久，忽然有一个小脑袋从叶间探出来。正是这个小家伙！它小，就能轻易地由疏格的笼子钻出身。起先，这小家伙只在笼子四周活动，随后就在屋里飞来飞去，一会儿落在柜顶上，一会儿神气十足地站在书架上，一会儿把灯绳撞得来回摇动。只要大鸟在笼里生气地叫一声，它立即飞回笼里去。

渐渐它胆子大了，就落在我书桌上。它先是离我较远，见我不去伤害它，便一点点挨近，然后蹦到我的杯子上，俯下头来喝茶，再偏过脸瞧瞧我的反应。我只是微微一笑，依旧写东西，它就放开胆子跑到稿纸上，绕着我的笔尖蹦来蹦去。

有一天，我写作时，它居然落到我的肩上。我的笔不觉停了，生怕惊跑它。待一会儿，扭头看，这小家伙竟趴在我的肩头睡着了，银灰色的眼睑盖住眸子，小红脚刚好给胸脯上长长的绒毛盖住。我轻轻一抬肩，它没醒，睡得好熟！还呷呷嘴，难道在做梦？我笔尖一动，流泻下一时的感受：信赖，往往创造出美好的境界。

随文笔记

吃 春

◎ 王 伟

春是可以吃的——正是竹笋、马兰头、枸杞头、蒲公英、菊花脑、芦蒿、荠菜、豌豆苗最为鲜嫩肥美的大好时光。既然是吃春，怎能少得了香椿呢？椿者，树上的春天，学名楗。香椿头是北方人的最爱，称之为"树上蔬菜"，明代谢肇淛的《五杂俎》就曾记载："燕齐人采椿芽食之以当蔬。"这几年，南风北渐、北俗南移，江南人也好上了这一口。

香椿头茎粗叶嫩，脆口多汁，烹调不宜复杂，否则浓郁个性的魅力会大减。最简单、最常见的做法是用来炒鸡蛋，也可以焯熟后配上其他鲜蔬做成凉拌菜。做法一曰香椿头炒蛋：将香椿头切碎，打入鸡蛋搅拌均匀，大火烧热油锅，倒入蛋液，撒上盐花，锅铲上下翻飞，蛋块凝固即可起锅；二曰香椿头天妇罗：香椿头浸入略微稀薄的天妇罗粉浆少刻，捞起投入油锅油氽，旋即如同小鱼舒展着浮在油面上，颜色变黄立即捞起，表层薄、透、脆。

最后，不得不提汪曾祺推崇的香椿头拌豆腐了，他在散文《豆腐》中这样写道："香椿拌豆腐是拌豆腐里的上上品。嫩香椿头，芽叶未舒，颜色紫赤，嗅之香气扑鼻，入开水稍烫，梗叶转为碧绿，捞出，揉以细盐，候冷，切为碎末，与豆腐同拌（以南豆腐为佳），下香油数滴。一箸入口，三春不忘。"不消说，香油是香椿头的黄金搭档，香椿的挥发性物质溶于香油，与油香合为一体吊鲜，又抑制了一些奇怪的冲味，比前面三种做法更容易被人接受。

清代顾仲在《养小录》中提及："香椿切细，烈日晒干，磨粉，煎腐入一撮。不见椿而香。"香椿头如此煎豆腐，不见香椿，又有椿香，真是绝妙好计。

然而，食物乃时物，登场和离场自带仪式感，才能不负韶华不负胃。

吃春赏味，一期一会，过期不候。

生命的缝隙

◎ 宛　皖

随文笔记

家里有一个小院,爸爸在院子的西南面开垦了一片菜园,芫荽、乌菜、菠菜,种得满满的。看着满院关不住的春色,我的心中也涌动着一丝波澜,我也来栽一棵植物吧！从种子开始,直到它长成小树,让我来体验生命的力量与精彩。爸爸给了我一颗种子,对我说:"宛皖,你就种它吧！"我从来没有培育过植物;拿着爸爸给的种子,我暗自下定决心要好好照顾它。爸爸选了院子西北角的空地,种下一颗和我的一样的不知名的种子。我选了一个刻有兰花的陶盆,在松软的泥土里播下无名的种子,就像在我的心底播种了一颗希望的种子。

爸爸在院子西北角撒下种子后,就没有再理会它。我每天都在心里为我在花盆里种下的种子祈福,天天捧着花盆,太阳出来的时候怕晒着它,雨水充足的日子里怕淹着它。爸爸在院子里种的种子发芽了,我的花盆还是没有动静。我有些着急了,开始怀疑土壤是不是太松了。于是,我用小铲子把花盆里的土压紧,又添了一些新土再压紧。后来我又觉得是阳光见少了,把花盆放在院子的铁艺桌子上,让它充分享受阳光的普照。看着沐浴在阳光下的花盆,我又觉得土壤不够潮湿,于是不停地浇水。爸爸看着我的行为,一边摇头一边说:"宛皖,你这么做是不行的！"

当爸爸的树苗长大了一些,我的花盆还是只有一盆土壤,没有半点发芽的迹象。爸爸走过来对我说:"生命的力量是强大的,但你不能乱来。哪有把土壤压得没有一丝空隙的？生命是有缝隙的！生命的意义在于合理的生存空间。晒太阳和浇水也是有度的,你不能把种子晒到干得裂开,也不能把种子没日没夜地浸泡在水中。如果我为了让你成为栋梁之材,天天逼迫你学习,可能你早就在压迫下厌倦人生了。"我似有所悟:原来,生命,就是一种来自自然的力量。任何人为地破坏自然生存法则的行为都是错误的。

富春江鲥鱼

◎流 沙

富春江鲥鱼，大名鼎鼎。但自20世纪90年代初我来到富阳后，只有听说，未见其身，在各类古籍、志书中被称为人间美味的鲥鱼，对我来说，只是一个传说。

看《武林遗事》，说鲥鱼是一种来自长江江汉地区水域的鱼，或有误。这段描述是这样的："每五月，富春江上鲥鱼最盛。渔人捕得，移时百里，达于城市（杭州）。或云此鱼自江汉来，非富春产也，故富春非夏季无此鱼。"

其实鲥鱼非从长江水域来，它不是江鲜，而是一种海鱼。它是一个可以远距离洄游的鱼种。记得在镇江求学期间，听老渔民说起过长江鲥鱼，他们说这种鱼来自大海，每年春末夏初洄游。照着这个记忆，我在网上找到了一段《直省志书·丹徒县》的记载："鲥本海鱼，季春出扬子江中，游至汉阳，生子化鱼，而复还海。"丹徒就是现在镇江的一个行政区，北接长江。富春江往东100余公里，就是杭州湾入海口了。鲥鱼之所以会来到富春江，除了鲥鱼的洄游性，还与天下闻名的钱塘江潮有关。大潮起时，鲥鱼借着潮水，可大量洄游到钱塘江上游的富春江富阳段。正因为鲥鱼每年农历四五月才会在江河里出现，所以谓之以"鲥"。

富春江鲥鱼，旧时一直是富阳的名产。鲥鱼鱼鳞如银，形似鲫鱼，而柔脆过之。富春江上，初夏上市，季夏而尽。近江水趁鲜蒸食，味绝鲜美。《富阳县志》载：明正德以前，与茶叶并贡。

近年来，富春江上游造起了水坝，阻断了鲥鱼产卵洄游的道路，加之工业化加剧了水生态的恶化，再辅之以大量捕杀，甚至电捕，哪还有鲥鱼的生存环境？

苏东坡曾多次造访富阳。他是这样描述鲥鱼的："芽姜紫醋炙银鱼，雪碗擎来二尺余。尚有桃花春气在，此中风味胜莼鲈。"这种典籍中的"美味"，现在也只能借着文字自己去慢慢体味了。

随文笔记

一山春蝉

◎ 草 予

如果我说，鸣蝉已经统辖清明之节的深山，像不像在扯谎？有人穿袄、有人穿裙的清明，我在一片山林里，被蝉声包围。起初，我惊讶并怀疑那般动静的出处，它听起来的确是蝉鸣，可不该是蝉鸣呀，时间不对。蝉始鸣，半夏生，这是常识。我问同行的人，不管自己的孤陋寡闻，会不会就此露馅。众人皆静默，有同等的惊讶与怀疑。

所以，太信任所谓的常识也不好，容易大惊小怪。难怪先哲说，常识往往是偏见。

一只蝉，是辛苦的。地下数载，地上数日，此生就结束了。蝉这个物种，也是辛苦的。与夏天画等号的是夏蝉，它们从早至晚，"知了"不停，火热的歌者接力登场。其实，还有春蝉，农历二月中旬开始鸣叫，正巧挨着春分。当然，还有秋蝉，过了寒露才愿放声，不比夏蝉多言且嗓门嘹亮，它们也被叫寒蝉，噤若寒蝉，小心翼翼的，胆战心惊的。这支勤勤恳恳的家族乐队，要从春到秋忙三季，气喘吁吁。此刻的蝉声大作，自然是春蝉。

很多植物用花用果来证明自己，证据所在，毋庸置疑。无花无果时，它们好像就失去了名字，就叫一棵树，或者一株草。可是，就算没有花与果，蜡梅知道自己就是蜡梅，橡树也知道自己就是橡树，它们并没有忘记自己的名字。证明自己，是有对象的——证明给谁看呢？草木，证明自己给风看，给蜂蝶看，给与自己息息相关的一切看。一只蝉，不会为了证明给我看，才会鸣嘶。它的鸣声的确在寻找听众，被另一只蝉听见，被另外的蝉听见。

"居高声自远，非是藉秋风"，一个"藉"字好，不是依赖，是自然而然。太多的意义，都是附随的结果。总是蝉之于人，人无法之于蝉。总是人听读蝉，蝉不听读人。一山春蝉，是春蝉与一座山，与一个春天的息息相关。我们只好鱼贯而来，又鱼贯而去。

高度与角度

□陆长全

我在青藏高原旅游时，思考过一个问题：从青藏高原流下来的河成千上万条，为什么大多数流着流着就没有了，只有长江和黄河等最终形成了奔腾不息的大河呢？

我请教了一些地质学家，得到了这样的答案：只有这两条河发源的高度和角度不同。

比别人高会导致什么呢？会导致这条河的起点和终点之间落差大，水的落差大就会形成较大的势能，使水流流淌的速度快。所以，高度决定速度。

那么，河流发源的角度不同会导致什么不同？

假如给一些人10个小时去走路，从同一个起点朝不同的方向走，看他们能走多远。你沿着45度的方向，他沿着90度的方向，另一个人沿着135度的方向。

每个人沿着不同的角度走，意味着遇到困难的性质和大小是完全不同的：你在45度的方向遇到的是一条高速公路，一马平川；他在90度的方向遇到的是几座高山；另一个人在135度的方向遇到的则是几条大河。

在不同的角度上行走的人，得拿出不同的资源和时间来克服道路上遭遇的不同困难，也就决定着每个人在不同角度上，在10个小时内能走多远。所以，角度决定长度。

美与爱

◎沈从文

宇宙实在是个复杂的东西，大如太空列宿，小至蜉蝣蝼蚁，一切分裂与分解，一切繁殖与死亡，一切活动与变异，俨然都各有秩序，按照固定计划向一个目的进行。

然而，这种目的却尚在活人思索观念边际以外，难于说明。人心复杂，似有过之无不及。

然而，目的却显然明白，即求生命永生。永生意义，或为子嗣延续，或凭不同材料产生文学艺术。似相异，实相同，同源于"爱"。

一个人过于爱有生一切时，必因为在一切有生中发现了"美"，亦即发现了"神"。必觉得那个光与色、形与线，即是代表一种最高的德行，使人乐于受它的统治、受它的处置。人类的智慧亦即由其影响而来。然而，典雅辞令和华美仪表，与之相比都显得黯然无光，如细碎星点在朗月照耀下同样情形。它或者是一个人、一件物、一种抽象符号的结集排比，令人都只能低首表示虔敬。

正若如此一来，虽不会接近上帝，至少已接近上帝造物。

这种美或由上帝造物之手所产生，一片铜、一块石头、一把线、一组声音，其物虽小，亦可以见世界之大，并见世界之全。或即造物，最直接简便那个"人"。流星、闪电于天空刹那而逝，从此，烛示一种无可形容的美丽圣境。

人亦相同，一微笑、一皱眉，无不同样可以显出那种圣境。

一个人的手足毛发在此一闪即逝缥缈的印象中，都无不可以见出造物者之手艺无比精巧。凡知道用各种感觉去捕捉住此美丽神奇光影的，此光影在生命中即终生不灭。

屈原、曹植、李煜、曹雪芹，便是将这种光影用文字组成篇章，保留得比较完整的几个人。

这些人写成的作品，虽各不相同，所得启示必古今如一，即被美所照耀、所征服、所教育，是也。

远近之意

◎郭华悦

一幅画,若想囊括远山近水,就得讲究笔墨的浓淡。近处浓,远处淡,笔墨之间的参差,凸显了距离的远近。于是,小小尺寸之间,便有了大天地。

一个人,若想有格局,也得讲究远近。

首先,心中得有远意。那远意,是秋水的冷清,是冬木的孤傲,是水墨画中远远淡淡的冷墨。就像一处风景,远观美则美矣,可一旦走进,人入其中,容易因叶而障目,无法观其全貌,反倒因此觉察不出其美。

于人,亦是如此。走得太近,容易失了分寸。太过纠缠,对一段关系中的双方,都不是好事。人在局中,只见其弊,难见其利。久而久之,眼里心里装的都是对方的缺点,关系每况愈下,结果自然不容乐观。

远意,是懂分寸,知尺度。有远意,虽不热闹,却朗阔清凉。人与人之间,有了远意,才能撇去浮沫与虚荣。这样的关系,如秋水绵绵,如冬木含春,外面看似疏荒,却能在远意荡漾中,让人感受到真实的希望与慰藉。

远意,是荒寒中的真实;近意,则是深情中的热烈。

人生中,总有一些至关重要的人,比如亲人、挚友或另一半。一幅画,若是其中仅有远山,而无近景,未免失之缥缈空洞。一个人,平日里恪守分寸,不痴缠,不纠结,但总有那么一些时候,需要对一些人展示自己的款款深情。

此时,心间便该有近意。近处有情,可以是一句话,一个眼神,或者一个动作。简简单单,将两人连在一起。远意是距离,近意是契合。一幅画,一个人,有远则有近,远近之间显出层次,内涵才会丰富。

人在年轻时,容易舍远求近,一味痴缠,走得太近,以为这就是一切。后来,时光漫过,曾经以为牢不可破的近,大多经不起时间的考验。于是,人生中渐渐有了天高云淡的远意。看人看事,多了一层远意,生活看似不动声色,内里却更厚实。

有远有近,于远近之间,方能品得人生的真滋味。

瞬息与永恒的舞蹈

◎张抗抗

那盆昙花养了整整六年，仍是一点动静没有。年复一年，它无声无息地蛰伏着，除了枝条日甚一日的蓬勃，别无吐蕾开花的迹象。怜它好歹是个生命，不忍丢弃，只好把它请到阳台上去，找一个遮光避风的角落安置它，只在给别的花浇水时，捎带着敷衍它一下。

一个夏天的傍晚，我再次走上阳台，去给冬青浇水，然后弯下腰为冬青掰下了一片黄叶。忽然有一团鹅黄色的绒球，从冬青根部的墙角边钻了出来，闪入了我的视线。我几乎被那团鸡蛋大小的绒球吓了一大跳：那不是绒球，而是一个花苞——昙花的花苞，千真万确。

昙花入室，大概是下午六点。它就被放在房间中央的茶几上，天色一点点暗下来，那个鹅黄色的花苞渐渐变得明亮。晚上七点多钟，它忽然战栗了一下，战栗得那么强烈，以至于整棵花树都震动起来。就在那个瞬间，闭合的花苞无声地裂开了一个圆形的缺口，喷吐出一股浓郁的香气，四散溅溢。它的花蕊是金黄色的，沾满了细密的颗粒，每一粒花粉都在传递着温馨呢喃的低语。那橄榄形的花苞渐渐变得蓬松而圆融，原先紧紧裹挟着花瓣的丝丝淡黄色的针状须茎，如同刺猬的毛发一根根耸立起来，然后慢慢向后仰去。在昙花开放的整个过程中，它们就像一把白色小伞的一根根精巧刚劲的伞骨，用尽了千百个日夜积蓄的气力，牵引着、支撑着那把小伞渐渐地舒张开来。

等到完完全全绽开了，它更像一位美妙绝伦的白衣少女，赤着脚从云中翩然而至。从音乐奏响的那一刻起，"她"便欣喜地抖开了素洁的衣裙，开始表演那场舒缓而优雅的舞蹈。"她"平静而庄严地做完全套动作，大约用了三小时——那是舞蹈的尾声复位的表演。昙花的开放是舞蹈，闭合自然也是舞蹈。片片花瓣、根根须毛，从张开到闭合，每一个动作都一丝不苟。"她"用轻盈舒缓的舞姿最后一次阐释艺术和生命的真谛。

我很久很久地凝望着它，满怀歉意地观赏着昙花从帷幕拉开、尽情绽放到舞台定格的全过程。"昙花一现"这个带有贬义的古老成语，在这个偶然的夏夜里变成一种正在逝去的遥远回声，给予我新的启示。

那个夜晚，在那场绝美的舞蹈中，我是唯一幸运的陪伴者。想起我多年来对昙花的冷落和敷衍，愧恨之情油然而生。此后，我便用清水和阳光守候那绿色的舞台，等待它明年再度巡回。

细嚼日子

◎张金刚

  难以抗拒那浓浓的甜香，剥粽子时一阵潦草，粘了江米的苇叶散落在地。全裸的粽子软软嫩嫩，尤其那可人的豆子、枣子、栗子，更让我欢喜，大嚼，甚是过瘾。母亲笑道："慢点儿吃才香。"我憨笑，慢下节奏。果然，细细品嚼，满口黏糯、香软、甜蜜，好吃到想哭：这才是端午与老家调和出的十足味道。我抹嘴回味，母亲却弯着腰捡拾苇叶，而后一片片洗净，捋展，晒在墙头，说明年接着用。我懂母亲的意思，过日子就该这样。

  日子，就是生活，而我更喜欢"日子"这一叫法。一日接一日，一日又一日，串起来就是岁月。过好这一日，想着后一日，细嚼日子，生活才有滋味。"新三年，旧三年，缝缝补补又三年"的日子一去不复返，可勤俭持家的老传统不能忘。曾经，一把铁锹被用成薄片，一把镰刀被用成"月牙"，一把扫帚被用成"秃子"，都是司空见惯的事。更有甚者，家里打酱油、装白糖、盛盐、放腌菜的瓶瓶罐罐都是"老古董"。并非换不起，只是能用、用着顺手，何必花那钱。

  我家那件用了两代的长条几案，红漆已斑驳，可案面被母亲擦得一尘不染。搬家时，父亲打算卖了，母亲不让，说是有了感情；我也不让，那木纹里满是细碎的光阴。恍惚间，仿佛看到了几案上祭祖的供品、老式的电视机、摆放的碗筷、读过的书本、积攒的鸡蛋……一时，泪眼模糊。

  父亲有个工具箱，里面放着凿、锛、刨、锯、墨斗等工具。我家睡的床、用的柜、坐的凳，都是父亲叮叮当当伐树、锯板，亲手做的。母亲有个针线筐，里面放着针线、顶针、剪刀、布头儿之类。看着它，就看到了母亲在灯下缝衣服、纳鞋底、做布鞋、拼坐垫、剪窗花的身影。

  那日，运动鞋破了个小洞，妻子劝我买双新的。我思虑再三，又走进了那家小修鞋店。大爷一边一丝不苟地修补，一边慢条斯理地感叹："干了二十来年了，不打算干了，修鞋的越来越少。"我惋惜地说："也是。不过，还是有人需要修鞋呀，比如我。"大爷乐了："对呀。有人需要，我就开着？"我应和："开着！"他笃定："开着！我图个乐子，让别人图个方便！"日子需要品着过，有时还要"抠"着过，懂得珍惜，才能拥有。细嚼日子，日子终会眷顾于己，不经意间就把日子过成了诗，过出了"嚼头"。

母亲是人生所有问题的答案

◎张燕峰

东晋名将陶侃出身贫寒，少年丧父，与寡母相依为命。后来，陶侃做了一个管理鱼梁（筑堰拦水捕鱼的装置）的小官。一天，他把鱼品腌制坊的一罐鱼干托人送给母亲。陶母经年累月吃着粗茶淡饭，面对如此美味的食物和儿子的拳拳孝心，她没有欣然接受，反而忧心忡忡。她把鱼干重新封好，让来人带了回去，并给儿子写了一封信：汝为吏，以官物见饷，非惟不益，乃增吾忧也。意思是说，你用官家的东西来孝敬我，对我来说非但无益，相反，让我很为你担忧。陶侃看到母亲的信后非常羞愧，从此廉洁为官，为后世景仰。

苏轼的母亲程夫人也是一位见识不凡的母亲。在苏轼幼年时，程夫人曾以古代志士的事迹勉励儿子砥砺名节。一天，程夫人给苏轼兄弟讲《范滂传》。范滂为官忠贞不阿，最后受到奸党陷害而死。临行前母子决别，范滂说："我今天离您而去，请您不要太过悲伤。"母亲含泪说："名誉与长寿往往不可兼得。你今日有了这样的好名声，我还有什么好悲伤的呢？"故事讲完后，苏轼说："母亲，我长大了，要做范滂那样的人，您允许吗？"程夫人莞尔一笑："如果你能做范滂那样的人，我难道就不能做范滂母亲那样的人吗？"正是因为少年时经常得到母亲的勉励，苏轼不仅从小立下远大的志向，而且养成了坚毅豁达的性格。

作家梁晓声在他的小说《母亲》中记述了这样一件事：小时候，家里缺粮，一天，他拿着布袋到母亲工作的厂子里摘了满满一袋榆钱，心想，终于可以填饱肚子了。回家的路上，他遇到几个同样饥肠辘辘的孩子。其中一个孩子央求说："给我一点儿吧。"梁晓声紧紧捂着袋子，坚决地说："不给。"另一个孩子也苦巴巴地请求道："给我一点儿。"他还是说不给。后来，一个孩子喊道："抢！"瞬间，五六个小孩围了过来，梁晓声拔足狂奔。最后，榆钱被抢光了，连袋子也被抢走了。回到家里，他哭着告诉了母亲。母亲说："孩子，这事怪你，好东西哪里能独自享用呢？你只要分给每个人一点，就不会发生这样的事。"

我们不得不佩服梁母人情的练达。梁母的教导影响了儿子，梁晓声后来总是关怀别人，设身处地地为别人着想，他的作品中充满浓厚的悲悯情怀。

母亲是孩子的第一任老师。耳濡目染，潜移默化，每一个孩子身上都会打上母亲给予的烙印。每个人的性格命运，都能从母亲的身上找到遗传密码。

母亲是人生所有问题的答案。

工匠的自尊

◎流沙河

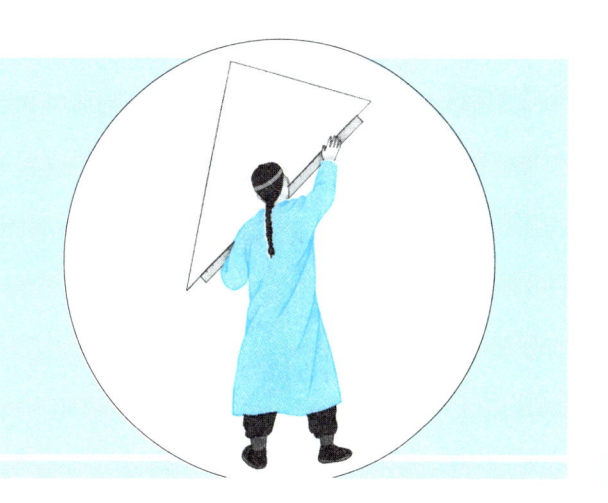

唐朝郭子仪，官拜中书令（宰相），爵封汾阳王，人称郭汾阳，好生得意。兴土木建宅第，视察泥匠筑墙，吩咐说："好筑此墙，勿令不牢。"泥匠放下春锤，回答说："数十年来，京城达官家墙，皆是如此筑。今某死，某亡，某败，某绝，人自改换，墙固无恙。"郭老令公闻言心惊，即日请求退休养老。事载明人谢肇淛《五杂俎》。

手艺高的工匠皆有自尊之心。忆予做锯匠时，有老木匠自豪地说："天旱三年，饿不死手艺人。"又有老锯匠鼓励我说："改朝换代，木头总要锯的。"

昨读明人陈铎《滑稽余韵》散曲一百三十六首，写遍七十二行，以及巫医百工。内有一首写锯匠的甚妙，恭录如下：

顽木久惯抬，分板偏能解。全收斧凿功，少欠松杉债。从直不从歪，依线又依画。专办装修料，先当营造差。两下里分开，东一片，西一块。盖起了房来，你不揪，我不采。

散曲也可算广义的诗吧。全诗六句，非常专业，必内行如我者，方能注释明白。请逐句细说之。

第一句就令我吃惊，原来早在明代已叫"顽木"。今称元木，音稍异而实同。作者知道锯木之前须抬元木上码杆。树径逾尺者，还得四人抬。学锯先学抬，而且"久惯抬"。上码杆后，锯匠二人一个站杆外一个站杆内，手腕端平，横向拉锯。寸板厚易解，分板薄难改。明代叫"分板"，至今仍沿用此称。锯匠能解分板，不跑墨，一坦平，才算入门。"偏能解"者当然是内行了。

第二句说锯齿勤锉，锉出锋锷，乃见功力，方可提高工效，否则钝了拉不动也。松杉二木，谓之正料，锯齿啮入，嚓嚓前进，进度快，"少欠债"。若锯硬绵杂木，不能按时解完，谓之"欠债"。

第三句说锯齿必须咬住墨线直走，这是"依线"。若需曲面木板，就不能弹墨线，只能用竹笔画曲线。这是"依画"。第四句专说修房子（营造）锯木料。梁、椽、楣、桷之类一一事先解好。第五句说解出许多片板和块板，必须晾干，所以东墙西壁到处斜傍。

最后一句，房子修成了，主人不再瞧我一眼，我也顾不上再去理睬他。全诗落脚于锯匠的自尊，而又不失幽默。

借 味

◎章铜胜

借味是做菜的诀窍，想做好菜，就要懂得借味的奥妙。

食材的搭配，要巧借。因为每一种食材的特性不同，有的食材没有味，但口感好；有的食材味好，但口感稍差。只有了解不同食材的特性，将两种或多种特性不同的食材，合理搭配，巧妙组合，发挥你的奇思妙想，才有无限创意的空间，才能做出让人回味无穷的好菜。如《红楼梦》里的茄鲞，借的是新笋、蘑菇、五香腐干、各色干果子和鸡肉、鸡汤的味，借得这样繁复奢华，就失了借的真味，让人怎么也咂摸不出来该有的茄子味了，怪不得吓了刘姥姥一跳。

荤菜素做，素菜荤做，是善借。豆腐味清淡，文豆腐是清代扬州有名的素菜，惜在有其名而制法失传。汪曾祺就想："我无端地觉得是油煎了的，而且无端地觉得是用豆芽吊汤，加了上好的口蘑或香蕈、竹笋，用极好秋油，文火熬成。"这样的借，在情理之中，也在意料之外，真做出来，怕也是难得的美味。

味与味的叠加，是互借。不失本味，相得益彰。经霜的白菜，肥腴软滑，口感极好，偶尔加一些切段的青蒜同炒，会增其香味，这是补其清淡的不足。秋天韭菜稍老，加些芫荽同炒，吃在嘴里，能分辨出韭菜和芫荽不同的香味，在那些香味轮番挑逗你的味蕾时，你忘记了韭菜口感的老去，这样的借，借出了生活的智慧。

借味，如交友。有时候，我们需要脾性相类的朋友，有共同的语言，有相似的爱好，大家在一起，有话可谈，有事可做。在交流中可以互通有无，在不知不觉的交往中，你会有所得，有所益，有这样的朋友，是幸运。与其处，如"与善人居，如入芝兰之室，久而不闻其香，即与之化矣"。是朋友影响了你，也可能是你影响着朋友。如我的文友，他们用真诚和热情来鼓励和帮助我，每有所得，则与有荣焉。这是一份难得的感动，也是交友的快乐。

我们也需要性情互补的朋友，每个人都有一个故事，每个人也都是一处风景。他们的努力、拼搏、阅历，是你不曾经历，也不敢想象的，你会看到你不熟悉的生活。这样的交往会丰富你的人生阅历，让你感受到处处不同的风景。

借是一种智慧的选择。有时，借的不只是味，善借者能丰满人生，也能成就人生。

杀手的剑和仁者的心

◎清风慕竹

公元前636年，晋文公重耳结束了长达十九年的流浪，登上王位不久，就有一个人前来求见，一听姓名，晋文公打了个寒战。因为来人可不是个满腹经纶的贤士，而是一个杀手。他叫寺人披。寺人披受晋献公之命第一次刺杀避难蒲城的重耳，按要求他在第二天抵达蒲城即可，可他在当天晚上就到了，重耳不得不跳墙逃跑；寺人披紧紧追赶，一剑下去，斩断了他的一截衣袖。重耳惊出了一身冷汗，好在趁乱逃脱了，但逃得十分狼狈。十二年后，寺人披受晋惠公之命，前往翟国再次刺杀重耳。接到的命令是三天内赶到，寺人披即刻起身，第二天就赶到了。幸亏重耳的情报工作还算出色，在寺人披到达前，他便急忙跑掉了。

现在，这个杀手离晋文公只有咫尺之遥，大约也是像那些曾经的帮凶一般祈求晋文公的原谅罢了，但晋文公内心的阴影犹然挥之不去，于是派人斥责他说："当初你前去追杀我，虽有国君的命令，也不必如此之快啊！那截断之袖我还存着呢，你赶快跑吧，别等我后悔！"

寺人披笑着回答说："对国君的命令没有二心，这是自古以来的规矩；除掉国君所憎恶的人，就要全力以赴。我之所以得罪您，不过是不敢以二心事君而已，您已经即国君之位，难道就没有蒲城、狄国的仇人了吗？齐桓公能放下射钩的恩怨，拜管仲为相，您如果不能像他那样心胸宽广，那何劳您命令我走开呢？要走的人还很多，岂止我这受过宫刑的臣子哪！"晋文公闻此言，立刻传令召见。寺人披见到晋文公，俯身即拜，口称"贺喜"。晋文公说："寡人登上王位这么多天了，你今日方贺，不是太晚了吗？"寺人披回答说："您虽然已经继位，但不足道贺。今天您得到我，大位才得以坐稳，这才可贺啊！"

原来寺人披得到一个秘密情报，前任国君的宠臣吕甥、郤芮因为害怕晋文公收拾他们，所以暗地里串通，密谋在某一天发动政变，杀死晋文公。他想以身相试，倘若晋文公值得追随，便帮他化解大难；倘若晋文公记恨前仇，那他就扬长而去。晋文公听闻此事，大吃一惊，连夜在寺人披的护卫下，悄悄撤离了王宫。三月的最后一天，晋文公的宫室果然燃起了熊熊大火，不过令吕甥和郤芮失望的是，搜遍了犄角旮旯，也没见着晋文公的影子。情知不妙的他们急忙逃往黄河岸边，结果被擒，就地正法。

世间再锋利的宝剑，也抵挡不过仁者的心胸。晋文公在历史上与齐桓公并称为"齐桓晋文"，驰誉千载，这就是最重要的原因吧。

智慧之巅是德行

◎ 鲍鹏山

在《史记·孔子世家》里，记录着老子送给孔子的临别赠言。

老子说："送别嘛，有钱的人送财物，仁德的人送教导。我没钱，就冒充一下仁德的人，送你几句话吧。"

第一句话是："聪明深察而近于死者，好议人者也。博辩广大危其身者，发人之恶者也。"一个人聪明，明察秋毫，很好。可是这样的人，往往比那些笨人更容易招来杀身之祸。为什么？因为他好议人。一个人知识广博，能言善辩，很好。可是他却因此时时处在危险之中。为什么？喜欢揭发别人的隐私呗。聪明会使人对别人的缺点一目了然，善辩会使人对别人的毛病一针见血。笨人倒并不一定不好议人，不好揭人隐私，而是眼拙，嘴笨，没看出来别人的毛病，无从议起。即使议论别人，也不得要领，不至于戳在痛处。

老子在告诉孔子什么？单纯的智力如同没有柄的刀片，让握住它的人受伤，且越是锋利，握得越紧，伤得越深。

接着老子又对孔子讲了两句话："为人子者毋以有己，为人臣者毋以有己。"做儿子，不要太坚持自己。做臣子，也不要太坚持自己。谁不是别人的儿子呢？谁不是别人的从属呢？后来庄子直接说，这就是我们"无所逃于天地之间"的伦理之网。在这样的网里，我们要学会谦恭，学会听取并欣赏别人的主张。

其实，我一直想把这两句话中的"子"和"臣"两个字去掉，变成一句话——"为人者毋以有己"。这不是我自作聪明，删改前贤嘉言。庄子早就这样改了，他的句子比我的更简洁，只有三个字——"吾丧我"。吾——自我的本体，本来的自我。我——附寄于"吾"的自以为是的观念、知识、经验、是非、好恶等"成见""成心"。"我"总是遮蔽着"吾"，不仅使"吾"不能与世界赤诚相见，无法互相洞开；反而使得"吾"认"我"为"吾"，"我"把"吾"李代桃僵了。所以，人之智慧的根本，在于呈现本来的"吾"，汰除附寄的"我"——吾丧我，与他人赤诚相见。

谁没有"己"？谁没有"我"？若每个人都固执"己"见，每个人都"我"行"我"素，世界将被切割成无法互相包容与理解的碎片。

老子的"无己"，庄子的"无我"，是道德的境界。智慧的顶端，就是德行。

明青花上的猫

◎衣 禾

明弘治年间（1488—1505）的青花瓷上，老虎很多，但猫很少见。有一次叶老把他的笔记给我看，说曾见一猫，如虎上有一蝶，古人将"猫蝶"谐音"耄耋"，是祝人长寿的意思。可见明成化、弘治年间的青花老虎，实际上可能都是猫，只是画时省略了蝴蝶。

明青花上能明确为猫的，一种是猫有座，可能就是一只板凳。一来说明主人对猫的重视，允许其从地面上升到台面。另一说法，就是野生猫科动物，比如豹就有在树上憩息的习惯。依照明人所记的图式，我们可以大致辨别猫的不同品种，有些能看出其野性，比如立耳上的长毛。

此青花瓷片上的是家猫，没有疑问。一只猫在一个卷云座子上，座子是方的，似乎是专门为这只猫做的一件小家具。猫长毛，两色，依稀可辨是波斯猫的品种。玩赏的用意是很明显的。

唐宋人敬猫，狸字用得比猫多。但狸未必就全指猫。狸猫之外，又有很多名目。如九节狸、香狸、牛尾狸、玉面狸、虎狸。甚至说"狸有数种，旧说大小似狐"。虎与猫，都是可以被取皮供裘的。

唐宋壁画上又多见给猫围一颈巾。白沙宋墓第一号墓，后室西北壁下就有这样的图景。考古报告并没有提示猫系的这块颈巾，是当时猫专用的，还是主人的东西。因为颈巾做蝶状，无绳系，可见是装饰，不是缚绳。

我昔年也养过一只巨大长毛的纯白波斯猫。同养的还有一只腊肠狗和两只鸟。鸟的品种我忘记了，但它能吃谷子，吃完还能吐壳，我的母亲以为能吃谷子的鸟是务实的，所以准许养。猫却每周要洗毛，还要用一把怪异的剪刀剪爪子，母亲大人在听到剪刀是一千多元买来的时候很不高兴。

不久，笼子里的鸟少了一只，但大竹笼子没有破，而猫嘴上还有鸟毛在，于是猫被送了回去。鸟呢，我母亲认为一只是孤单的，便放了生。

我的案头很长时间都放着一本夏目漱石的《我是猫》，但我并不反复看。近年我总是在朋友圈发猫的照片，于是有大量友人给我发猫的图。也有友人很喜欢画着猫的瓷片，希望我能让给他。但我居然不肯，倒不仅仅是因为明青花上猫的稀罕了。

你不懂人间情事

◎陈 更

虽然我是一个研究机器人的博士生，但我是不喜欢机器人作诗的。因为南辕北辙的平生所好与专业背景，每每出现在诗词节目中，我一定会听到这样一句话："哎，她可以研究一个机器人来写诗啊！"当时我总是一笑而过，心想嘉宾们要将每个人的背景与诗词联系起来，真是难为他们了。

所以我一直把"会作诗的机器人"当作一个自我介绍时必要的流程，不曾细想过它。直到2017年8月，我受邀参加了中央电视台《机智过人》节目，真的遇到了为作诗而生的机器人——"九歌"。

"九歌"来自清华大学的人工智能课题组，它的创始人很喜欢屈原的《九歌》，因此为它取了这个名字。九歌用深度神经网络方法学习了从初唐到晚清的30万首诗歌，只要为它指定诗的格式，譬如七绝、五律，它就能在几秒钟内交给你合辙押韵、合乎格律的诗。节目组别出心裁，请几位诗词爱好者与"九歌"一同现场作诗，让观众挑出来他们觉得最不好的那一首，如果挑中了"九歌"的诗，则"机不如人"，九歌输；如果挑中了某个人的诗，则"机智过人"，九歌赢。那天有一个题目是"静夜思"，我的友人李四维写了这样一首诗：不眠车马静，相思灯火阑。更深才见月，比向掌中看。我很喜欢这首诗，但是，它被淘汰了。我想，淘汰它的观众可能没看懂最后一句。同时，李四维的"玩月"比起"静夜思"该有的"愁看明月"确实显得不寻常。而恰恰是这种夜深人静之时，孤身一人百无聊赖之中，将月亮比画在掌心上的这份寂寥和孩子气的情味，是再智能的算法也算不出来的。

人工智能是在为谁而作诗呢？机器人没有倾诉的对象，甚至没有倾诉的欲望，它没有感情。它的智能芯片里充满字和字搭配的套路，但它不知道这些字要说给谁听，这些字能怎样予人安慰，又怎样予人释放，予人救赎。"九歌"写得出"孤月对轩窗""夜静偶闻香"，但它不会突然起了小孩子心性，想到要把高高在上的月亮，用自己的手掌来比画比画，也就不会让我有因"比向掌中看"而起的莞尔一笑的冲动。

相比于教导机器人写诗的套路，或者以算法来启迪人写诗，我还是更眷恋这种场景。杜甫的小儿子宗武过十三岁生日这一天，做爸爸的殷殷地对儿子说："诗是吾家事，人传世上情。"这是诗，有故事，有背景，有对象，有情，有分量。

在光阴里磨就自己

◎米丽宏

古时的镜子，是拿一块铜，人工打磨，一直磨到光亮可鉴，才成镜子的。

磨，很有点疼痛感，可疼又如何呢？世间万物，角角落落，哪个不在经受着"磨"呢？在"磨"中痛，也在"磨"中快乐和重生。

一个人成长的历程，就是受磨砺的过程。被小病小灾磨，被贫穷困苦磨，被挫折坎坷磨，被悲欢哀乐磨，纵使从小到大，锦衣玉食，万事顺遂，亦免不了被光阴磨，到老来，一马平川，履历平平，竟没有值得回忆的亮点，岂不是另一种痛？

老辈人教人读书，爱说"《文选》烂，秀才半"；教人学诗，爱道"熟读《唐诗三百首》，不会写诗也会诌"。"《文选》烂"，想来是久之自悟，步步生莲，自是磨烂的；那熟读唐诗，何谓"熟"呢？也不外乎磨烂了，嚼碎了，吸收了，跟自我融为一体了。

这磨，是要有一股子专注劲儿的。

光景如梭，人生浮脆，专注，好似一枚锐利的钻头。光阴在磨你，你把光阴打磨成另一个自己。

光阴总是磨人，有繁华，必有萧瑟；有红颜，必有色衰；才是美目盼兮，转眼鹤发鸡皮。大自然的脚步，任谁阻止得了呢？

人，从来不具有光阴的所有权，我们只能打磨攥在手里的每一寸光阴。光阴磨人，最难是坚持。跟你一道的路上，必有前行者，有歇脚者，有歌唱者，也有讥讽者，别人做什么，说什么，与你何干呢？唯一要做的，是做好自己的选择，走出原则，做出情调，走出境界。万物走在节气里，你走在自己的路上。跟着光阴走，每一个不曾起舞的日子，都是对生命的辜负。

泰戈尔说："只有流过血的手指，才能弹出世间的绝唱。"

看看供我们使用的光阴，最长不过三万六千余日，做复杂的事情，真的不太够；那就在简简单单的事情里，磨就一个自己。也许打磨的过程有点长，有点累，有点枯燥，但你要真诚地喜爱接受打磨的自己，其他的，勿作声，勿表白，一切交给光阴去说话。

生命是用来打发的吗

◎李银河

常常听人们说：打发时间，打发生命。生命只有短短的几十年，稍纵即逝，难道还有余暇需要去"打发"吗？

当人感觉到自己的时间和生命需要"打发"的时候，至少说明他的生命之摆已经在痛苦和无聊的两端之间摆到了无聊的一边：他已经觉得百无聊赖，需要打发时间了嘛。

完全没有事情可做的、没有冲动做任何事的、也没有在做任何事的人是可怜的。他的生命已经进入了一个非生命化的过程。具体来说，他的生命已经经过像一棵草木或一只小动物的非自觉的懵懂的存在，逐渐演变成一根木头或一块石头那样的非生命的存在。恬静固然恬静，其中却渐渐渗入了一种死的气息，着实令人惊心动魄。

虽然也许去做任何事均无意义，虽然任何事都不做也可以生存，虽然没有欲望和冲动去做任何事的生活也不能说就不是生活，但是这种生活是多么无聊啊！它和死有一点点区别，但是区别实在不大。

无论如何都要避免陷入这样的境地。我家正好在国际铁人三项赛威海主会场旁边，我看到有身体较好的人去参加铁人三项赛事，游泳、跑步、骑车，全程128公里。

有一年，一位最差的选手，从起跑线到终点线，他用了8个小时，威海赛区那天的交通管制因为他而延长了几个小时。可是我佩服他的执着，他为自己的生存找了一件有意思的事情来做；我看到有些脑子尚未糊涂的老人在麻将桌边一坐就是五六个小时，真是老当益壮，他们也算是为自己的生存找了件有趣的事情来做。

我庆幸自己找了一件比一般人更有趣的事情来做，那就是写作：写随笔、写杂文、写小说、写诗、写格言。我的风格是直抒胸臆，内心独白。诗写不出来就去写随笔；小说写烦了就去写杂文。

什么也不做的生活不能说不是生活，但不是存在。只有时时刻刻意识到自身存在的生活才是存在。

做事永远不要忽视负数

◎吴 军

著名物理学家张首晟教授生前在硅谷做过一次报告，听报告的都是工程师、创业者和投资人，我作为他的朋友也去给他捧场。

在报告中，张教授问了大家一个问题：什么数自己乘自己等于4？大家都回答是2。张教授见我微笑不语，就问我答案是什么，我说还有−2。

张教授之所以想到−2这个例子，是因为凡事都有对立的两面，这是这个世界固有的特性。物质和能量是守恒的，有得必有失；电荷是守恒的，有正电就有负电；基本粒子常常会对应反粒子。理解了这一点，想问题才能全面。

而我能想到−2这个答案，则是出于对数学的理解。我在接触负数这个概念之后，就明白了在思考正数的时候永远不能忽视负数，这个习惯几乎伴随了我一生。

有了负数的概念，我们首先就必须明白，0不是最小的数。今天几乎所有人都希望自己的钱越多越好，如果自己没有钱，就会觉得天塌下来了。其实在这个世界上，还有比没钱更糟糕的事情，那就是欠了一屁股债，他们的钱就是负数。

负数这个概念，大家最晚到初中时都会学到，而且从那时开始，到高中再到大学的课程中所有数学题都可能出现负数答案。然而，在张首晟教授做报告的那一屋子听众中，学历最低的也是大学本科毕业生，却漏掉了负数的答案，这是为什么呢？

有人可能会觉得，是因为初中已经过去很长时间了，知识点忘记了，不是什么了不起的事情。其实，更重要的是，很多人虽然学了中学数学，却没有学通透，只记住了一些知识点，而对那些知识的意义完全不明白。

学完初中数学，就必须一辈子记住：世界上不仅有正数，还有负数。这件事要刻在自己的基因里，否则数学思维就还停留在小学水平。

即使不用金钱做投资，人的一辈子也是在不断地用自己的时间和生命投资。有了负数的概念，我们就知道，自己每做一件事情，就可能产生一个结果，这个结果可能是好的，也可能是坏的，获得的收益未必是正的，完全有可能是负的。

用苦打底

◎黄小平

我的家乡有一种古老的习俗——给孩子喝一口黄连水。

我曾问家乡的老人："为什么要让这么小的孩子试这么苦的东西？"

老人说："吃得下黄连的苦，以后还有什么苦吃不下呢？这叫'用苦打底'。一个人若从出生开始，就用苦打好了底，以后所吃的苦，就不觉得那么苦了；以后所尝的甜，就会觉得无比甜。"

原来，家乡这种"用苦打底"的习俗，是在增强人们承受痛苦的能力，提升人们感受快乐的能力。

如此看来，"用苦打底"也是一种人生智慧。在教育孩子的时候，不妨让孩子吃点苦，以磨炼意志。

苦，教会我成长。

吃太甜的东西，奶奶总会说上一句：简直甜苦了。我初听这句话，觉得不可思议——太甜的东西，再甜下去，只会甜上加甜呀？

奶奶告诉我，吃太甜的东西，因为过甜，刺激甜的味蕾，使之麻木，而此时掌管苦味的味蕾又特别敏感，所以我们便感觉到苦了。

这个道理同样适用于人生，让我懂得做事适度为宜。

小时候，我家的房前有一排葡萄藤架。初夏，见一串串青色的葡萄，我便忍不住摘来吃，刚一咬破，就感到一股苦涩味道刺激着舌根。

我问父亲："葡萄不是甜的吗？为啥咱家的葡萄是苦的？"

父亲说："葡萄的甜，是从苦涩的阶段过来的。你现在摘下的葡萄，还处于苦涩阶段，你尝到的，当然是苦的。你要有耐心，待葡萄成熟了，葡萄的苦变成了甜，你再去尝，就能尝到清甜了。"

其实，人生也是这样，很多事情都要经历过苦的阶段，不怕苦，最终才能获得甜蜜的成功。

如果你让我写女孩，我会从蝴蝶开始写

◎王鼎钧

写文章为什么要有方法？因为要让人爱看你的文章。音乐让人爱听，有方法；烹调让人爱吃，有方法；手机让人爱用，有方法。

好莱坞拍过一部片子，片名叫《是歌好，还是唱歌的人好》。写剧本的人拿唱歌做比喻，亲切，大众化，容易领会，这是技巧。是歌好还是唱歌的人好？这句话也可以理解为是"观念"好还是表达的技巧好。"落红不是无情物，化作春泥更护花"，花瓣在土壤中分解，成为肥料，并不是惊人的见解，只因为诗作得好，把这个寻常的自然现象升华了。

讨论写作的方法，我主张从小处着手，心中一动时，两三百字把那一个"点"写出来。写作可以跟生活配合，你多写信，少打电话。新年到了，很多人用邮件群发贺年片给你，你不要用这个方法还他，你写两句话回过去，这两句话是一个点，点到为止。这两句话不能复制粘贴，你要根据对方的年龄、职业、近况和亲疏远近做文章，因人而异。如果你的朋友太多，可以选出二十个人来个别措辞，这就是练习。

从点开始，眼耳鼻舌心意，你看见，你听到，你想起来，好像有人朝你的心上戳了一下，好像有一滴水滴在你的脖子上，这就是点，你心中一动，心中一软，心中一热，心中一惊，这就是文学写作的开始。"起心动念，言语造作"，这八个字里头有文学原理。你已经"起心动念"了，它也许在你心里酝酿了十年二十年，也许转眼就消失了，赶快记下来，两三百字都可以，留着它继续"言语造作"。你如果跟作家常有来往，可以发现他的生活习惯跟别人不一样：上了床又爬起来，吃饭吃了一半不吃了，几个人一块谈天，他忽然眼睛发亮，不说话了——他怎么啦？他被点着了。

你常常有被"点"着的时候，只是当时疏忽了，转眼忘记了。你的心一动，就是一个点。你把那一点记下来，每天记点，采用麻雀战术，拼七巧板，你的每一个点以后都有用处。

有点，以后可以纺线，线多了可以织网，可以缠球。一个女孩子很漂亮，做模特儿的，喜欢捕蝴蝶做标本。她忽然想到自己也是"标本"，广告、封面、月份牌、写真集，都搜集她的图片，这是另一条线。两根线交叉了。有一天，她很疲倦，忽然想升高，想脱离这个圈子，第三条线出现了，结网了。她怎样处理手中的蝴蝶标本和写真集呢？也就是怎样"烦恼无尽誓愿断"呢？前两条线又缠回来了，可以考虑做球了。

找到你的玫瑰花

◎罗 翔

我非常喜欢圣埃克苏佩里的《小王子》,读过很多次,每次看都有很多感触。

遥远星球B612上的小王子,与美丽而骄傲的玫瑰吵架后负气出走,在各星球漫游。最后,小王子来到地球,地球上有111位国王,7000个地理学家,90万个做生意的人,750万个爱喝酒的人,3.11亿虚荣的人,其中肯定也包括我。小王子在一棵大树下,遇到了一只很漂亮的狐狸。狐狸告诉小王子一个秘密:"看东西只有用心才能看清楚,重要的东西用眼睛是看不见的。"说实话,我们这一生都在追逐看得见的东西,权力、金钱、名望……这些不可能给我们带来真正的满足。重要的东西用眼睛是看不见的,而是要用心去感受的,正是你为你的玫瑰付出的时间,使得你的玫瑰是如此重要。但你千万不要忘记,你要永远为你驯化的东西负责,你要为你的玫瑰负责。

关于什么是真正的爱情,人类似乎始终有两种针锋相对的观点,一种认为所有的爱都是基于某一个具体的个体,就像小王子说的,我们要在具体的个人身上投入我们的情感,投入我们的时间,通过仪式来驯化他,也让他来驯化我们。当然还有一种是抽象意义上的爱,觉得我爱的只是一个抽象的对象,是随机的个体,如果在同时同地我碰到了另外一个人,我也会爱上他,就像莎士比亚的《仲夏夜之梦》。张三爱上了李四,李四也爱上了张三,但是王五也爱上了张三,赵六又爱上了王五,爱得错综复杂。

我的想法是折中的爱。我们把爱投放在具体的个体身上,但会在他身上发现抽象意义的美好。正是这种抽象意义的美好,让你愿意和具体的个体产生驯化关系。当你驯化了一个具体的个体,你就要为你所驯化的对象负责。你越为抽象感到动容和美好,你就越希望在你所爱的具体个体中升华这种抽象。玫瑰花终究有一天会枯萎,朱颜老去、花瓣枯萎的时候,我们是不是要换一种花呢?我想不是的,因为狐狸告诉了小王子,真正的爱,是当你驯化了他,你要对他负责。所以,小王子告诉孤独的飞行员:"无论是房子、星星还是沙漠,它们都是因为某种看不见的东西而美丽!"

希望我们每个人都依然拥有像小王子那样清澈的心,去感恩与珍惜你的那朵玫瑰;如果你还在寻找,也祝福你能够找到自己的玫瑰花,但请注意,真正的爱是要用时间、真心、责任,以及你的牺牲去守护的。

"做减法"才是真本事

◎鹤老师

"做减法",才是真本事。想知道一个人是菜鸟还是高手,就看他到底是在做加法还是在做减法。世界上没有白吃的午餐,无非是舍弃哪个换取哪个,想什么都揽到怀里,注定一事无成。懂得舍弃才是大智慧,懂得放弃的,才是高手。

你观察所有的新人,无一不是在做加法,生怕漏掉一点点。

一位刚学做饭的厨师,恨不得把所有的调料都加进去;一个刚摸相机的摄影师,生怕漏掉一个细节;一个初入广告行业的实习生,动不动就是几百字的产品卖点……这叫什么?安全感。新人对体系一无所知,对权重毫无概念,认为所有的东西都无比重要,哪一个也放弃不了,才会加一点,再加一点,来满足内心的安全感。

而这个世界上的顶尖高手,无论哪个行业的,无一例外都在做减法。顶级的厨师,懂得调料的取舍,一块豆腐两根小葱,能让你回味三天。顶级的营销高手,懂得惜字如金。某某山泉有点甜,可以做到几千亿市值。什么叫大师,什么叫举重若轻,这就是。

在这个世界上,知道要什么很容易,知道不要什么却很难很难。所有的平庸者都有一个特点,他们不知道放弃,这也想要那也想要,觉得这个也有用那个也有用,这个也想得到那个也想得到,最后一事无成。

为什么电视上的选秀歌手给人的感觉很急功近利?因为他们太想表现了,太想把自己的歌唱技巧在三分钟之内全部展示给你了,生怕漏掉一点点,生怕你不知道他会什么。各种转音、各种嘶吼,结尾再升个八度,听得你起一身鸡皮疙瘩。

可你看看高手呢?那就不是在唱歌,那是在绘画,在讲故事,在拍电影,有语气、有腔调、有情绪,有画面、有角色、有灵魂。没有唱得撕心裂肺,平静得仿佛自言自语,可你总有一种想哭却哭不出来的感觉。那种磁性而沙哑的声音让你忽略了歌唱者本身,直接感受到歌曲的灵魂,忘掉是在听他唱歌。

高下立现。只有顶尖的高手,才敢做减法。只有深谙底层原理的人,才知道要减去什么。做加法一点都不难,有本事做个减法看看。

不顺利会让你更顺利

◎李 翔

有一些包装得很像智力测试的脑筋急转弯题目，我相信你可能也听过。比如，球拍和球的总价是1.1美元，球拍比球贵1美元，请问一个球多少钱？再比如，5台机器5分钟可以生产5个部件，那么100台机器生产100个部件需要多长时间？还有一个问题是涉及指数增长的：假设一个池塘里，荷叶生长的速度是每天增长一倍，到第48天荷叶会把整个池塘都覆盖住，请问第几天荷叶能覆盖池塘的一半？

这三个题目非常著名，它们是耶鲁大学教授肖恩·弗雷德里克2005年设计出来的一个测试，叫"认知反射测试"，三个题目的共同点是：看上去非常简单，但它需要你停一下，运用自己的逻辑推理能力。弗雷德里克教授在美国的一些大学进行了这套认知反射测试。如果答对一道题算一分的话，麻省理工学院学生的平均得分是2.18分；卡内基梅隆大学学生的平均得分是1.51分；哈佛大学学生的平均得分是1.43分。后来，两位心理学家在普林斯顿大学重复了这项实验。不过，他们做了一个对比测试。第一次测试的时候，学生的平均得分是1.9分。经过调整后，他们进行了第二次测试，这一次学生的平均得分是2.45分。心理学家做了什么调整呢？很简单，第一次测试的时候，把问题打印出来；第二次测试的时候，把测试题的字体加斜，同时变成灰度字体，目的是让人必须放慢速度，才能把题目读完。

这种小动作，心理学家称作"必要难度"。其中心理学家亚当·奥尔特就说：向人们展示不流畅的信息，有助于增加他们审慎思考的可能性。

我相信你肯定听说过，不少名人都有阅读障碍症。阅读障碍症，简单来说就是大脑处理视觉和听觉信息不协调，因此导致阅读和拼写困难。

像维珍集团创始人理查德·布兰森、思科CEO约翰·钱伯斯、演员汤姆·克鲁斯等，都有阅读障碍症。但是，他们都取得了所谓的成功，而阅读障碍有可能帮助了他们。为什么阅读障碍症反而有助于成功呢？格拉德威尔通过采访给出了两个理由：第一个理由是，一个人可能会因为患有阅读障碍症，被迫发展自己的其他技能。第二个理由是，一个人可能会因为患有阅读障碍，变得更有独立思考的能力，或者说更特立独行。

格拉德威尔把这种不顺利反而带来优势的现象总结为"值得经历的困难"理论。一些人生中的苦难经历，反而让人产生了其他补偿性的竞争优势。

真正的领导力

◎万维钢

有个青年女化学家叫芭贝特,她所在实验室的老板叫戈登。戈登是行业"大牛",但是脾气不好。有一次,芭贝特找戈登讨论前一天交给他的论文,戈登一见面就说:"你这篇论文纯属垃圾,我已经扔垃圾桶里了。"一个小人物被老板这样批评,该怎么办?芭贝特接下来的这段话,可以写进教科书。芭贝特说:"我写得的确不行。我每次读您的论文,总会想您怎么能写得如此清晰明了,这也是我想要跟您一起工作的原因。去年秋天您给我提供这个职位的时候,我真的太兴奋了。咱们现在这项研究成果非常重要,如果我这篇论文能写好,可能会产生巨大的影响。论文已经这样了,您看看能不能给我一些建议?我想跟您学习怎么把论文写好。"戈登的态度立马好转,他把论文从垃圾桶里翻找出来,跟芭贝特一起修改。

我们从芭贝特这段话里至少能找到5个谈话技术:1.先用认同提醒对方"咱们是一伙儿的";2.表达赞赏;3.帮对方看到事情的另一面,虽然论文写得不好,但研究做得不错;4.重申双方共同的价值观;5.提出具体行动方案,以此建立起共同成长的伙伴关系。

我们真正应该注意的是,在这番对话中,芭贝特和戈登两人,究竟是谁在领导谁?显然是芭贝特在领导她的老板戈登。这就是领导力。芭贝特的了不起之处并不在于她使用了哪些话术,而在于她内心的强大,可能比戈登的内心还要强大。

瓦德有个女学生,13岁的时候得了一场重病,在医院里等待手术。有一天医生将她的父亲叫到病房外,说了两个坏消息:第一,你女儿的病情已经非常严重,原计划一星期之后的手术必须提前到今天晚上;第二,医院出现了特殊状况,没法给孩子提供麻醉,手术只能在没有麻醉的情况下进行。

没有哪个父亲受得了这样的消息,但是回到病房,父亲带给女儿的是两个好消息:第一,医生说今天就可以做手术了,不用再等一星期,这意味着3天之后你就能出院回家了!第二,医生们一直在观察你,他们认为你是最勇敢的少女,所以手术甚至不需要麻醉!

很多年以后,女孩才知道这番话背后的真相。她早就忘了当年自己是如何经历那场手术的,但是她永远都记得父亲给她的两个好消息。

这是广义上的领导力。领导力不是说你非得指挥谁、调动多少资源,也不一定是使用什么套路或者权谋。领导力是你能不能、敢不敢让人和事情产生积极的改变。

身体里的木桶效应

◎孙道荣

一位医生朋友，十分惋惜地跟我们谈起他的一个病人。

他的这位病人，身体一直壮实得像头牛。可是，谁也没有想到，他却突然病倒了，而且，这一病就再也没能站起来。夺去他年轻生命的，是他的肾脏疾病。在他入院的时候，医生给他做了全面的身体检查，除了肾脏，他身上其他器官都很健康，没有丝毫的毛病。但一种微小的外泌体侵入了他的身体，并引发了他一直不自知的慢性肾脏疾病，终致回天乏术。

医生又跟我们讲了他的另一个病人，一位80多岁的老太太。老人的腹腔长了肿瘤，做手术打开她的腹腔的时候，医生们惊讶地发现，这个老太太的肝脏、脾胃等器官，健康得就像一个五六十岁人的，如果不是腹腔的这个恶性肿瘤，以老太太其他器官的健康状况来看，活到百岁一点不成问题。可是，腹腔的这个晚期恶性肿瘤，让老人的生命戛然而止。

医生说，很多时候，夺去我们生命的，并非身体里的器官都衰竭了、坏死了，而很可能只是某一个器官坏了，病了，不工作了。这个"罢工"的器官，骤然成了一个人的致命杀手。从木桶效应来看，这个坏了的器官，就是我们身体里最短的那块木板。

我们的身体，是由无数个器官和零部件组成的，我们往往会更在意和精心呵护那些我们自认为重要的部分，比如大脑，比如心脏，比如肺，比如骨头，比如血液。它们确实都很重要，但是，其他器官就不重要了吗？显然不是，任何一个器官，如果出了问题，轻则影响我们的生存质量，重则夺走我们的性命。

木桶理论告诉我们，生命的长短和质量高低，并不取决于我们某个器官或某个部位是否特别健康、特别发达，一块板再长，也不能让我们的生命之桶盛装更多的水。若想生命长久而鲜活，需要我们所有的器官、所有的零部件，都健康、灵光。我们的身体是这样，我们的人生也一样。每个人都有自己的长处、优点，也难免有自己的短板、缺憾。一个人的成功，往往取决于他的长处，但是，一个人是否优秀，是否完满，取决于他的短板多少，短板越少，短板与长板的差距越小，一个人才越有可能臻于人生的佳境。

看到自身的长处很重要，而认识到自己的不足并予以弥补，更难能可贵，更有益于人生。如果我们不能使自己的长板优于别人，没关系，我们还可以让自己的短板不输于别人，我们的人生之桶，就依然可能是丰盈充实的。

且 等

◎张燕峰

关于等，我最喜欢一个故事。寒山问拾得："世间有人谤我、欺我、辱我、笑我、轻我、贱我、骗我，如何处置乎？"拾得曰："忍他、让他、避他、由他、耐他、敬他、不要理他，再过几年你且看他。"

拾得禅师的回答多么精妙！是啊！耐心地等他几年，且看他的下场。《易经·系辞下》里说，"善不积不足以成名，恶不积不足以灭身"，足见积累的重要性。而积累的过程就是一个漫长等待的过程。世间万物的发展都有一个过程。果实的成熟需要等，一朵云变成雨需要等，小溪投入大海的怀抱需要等。等就是熬啊，等就是一个磨炼心性的过程。

也许，你会在黑暗和凄风冷雨中踽踽独行好长一段时日，可能会独自吞咽着孤独寂寞，忍受着别人的嘲讽和白眼；也许，你会失魂落魄。这时，你要劝慰自己，学会耐心等待。一粒种子要破土而出，只有在黑暗的泥土里沉寂很多天，一点点积攒力气，才能冲破厚厚的土层，才能享受到阳光的照耀和清风的吹拂。你就像那粒种子一样，需要沉潜自己，默默积蓄力量，静待花开。尤其是大家熟知的蝉，它的幼虫要在幽暗潮湿的地下苦苦等待多少年，才能羽化成蝉啊。所以昆虫学家法布尔用诗一样的语言来赞美它："十七年的苦役，换来一个夏天的歌唱。"

诸葛亮躬耕陇亩，不是等来了刘备的"三顾茅庐"吗？姜太公在渭水边垂钓，不是等来了周文王的"愿者上钩"吗？达摩祖师，不是五心朝天、面壁九年最终才明心见性，成为一代高僧的吗？所以佛家有"久等必有禅"的偈语。等，不是庸庸碌碌、无所作为。相反，在等待的日子里，应该卧薪尝胆，磨砺自己。一旦机遇来临，你才能一飞冲天，一鸣惊人。

当然，等绝不是坐以待毙，而是等待时机，平心静气，笑看风云，伺机而动。等，不是让你满腔幽怨，悲声哀叹，而是要豁达从容，平心静气。等也是一个自我修行的过程。

茫茫人海，万丈红尘。等是一种砥砺人格、增进学识和修养的过程。等是忍辱负重，也是养精蓄锐；等是如坐针毡的忧虑和焦灼，也可以是坐看云起宠辱不惊的洒脱和从容。

小说《基督山伯爵》的结尾可以概括为五个字：等待和希望。这世间的一切都是时间的艺术。有时我们所能做的，就是顺着时间走，耐心等待。

等，也是做人的大智慧，人生的大境界。

别怕动笔

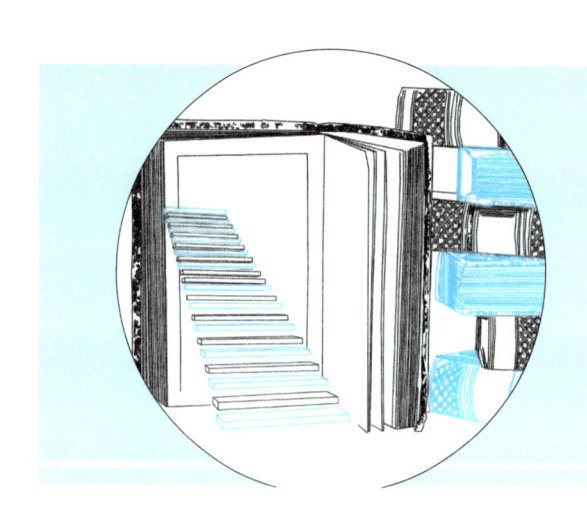

◎ 老 舍

有不少初学写作的人感到苦恼：写不出来！

我的看法是加紧学习，先别苦恼。怎么学习呢？我看第一步顶好是心中有什么就写什么，有多少就写多少。永远不敢动笔，就永远摸不着门儿。不敢下水，还能学会游泳吗？自己动了笔，再去读书，或看刊物上登载的作品，就会明白一些写作的方法了。

我总以为，初学写作不宜先决定要写五十万字的一本小说或一部剧本。也许有人那么干过，而且的确一箭成功。但这究竟不是常见的事，我们不便自视过高，看不起基本练习。我们的文字基础若还不十分好，生活经验也还有限，又不晓得小说或剧本的写作技巧，我们顶好是有什么写什么，有多少写多少，为的是练习，给创作预备条件。

首先是要把文字写通顺了。我说的有什么写什么，有多少写多少，正是为了逐渐提高我们的文字表达能力。即使我们一辈子不写一篇小说或一部剧本，可是我们的书信、报告、杂感等，都能写得简练而生动，难道不是值得高兴的事吗？当然，到了我们的文字表达能够得心应手的时候，我们就可以试写小说或剧本了。文学的工具是语言文字呀。

要学习写作，须先摸摸自己的底。自己的文字功底若还很差，就请按照我的建议去试试——有什么写什么，有多少写多少。文字有了点根底，可还是写不出文章来，又怎么办呢？应当去看看，自己想写的是什么，是小说，还是剧本？假若是小说或剧本，那就难怪写不出来。

首先，我们往往觉得自己的某些生活经验足够写一篇小说或一部三幕剧的，事实上，那点经验并不够支撑我们写出这么一篇作品的。我们的那些生活经验在我们心中的时候仿佛是好大一堆，可以用之不竭，及至把它写在纸上的时候就并不是那么一大堆了，因为写在纸上的必是最值得写下来的，无关紧要的都用不上。这样，假若我们一下笔就先把那点生活经验记下来，写一千字也好，两千字也好，我们倒能得到好处。

我们必须深入生活，不断动笔！我们不妨今天描写一朵花，明天又试着描写一个人；今天记述一段事，明天试着写一首抒情诗，去提高表达能力。生活越丰富，心里越宽绰；写得越勤，就会有得心应手的那么一天。谁肯用功，谁就会写文章。

肆·山高水长

渺 小

□臧克家

我喜欢渺小。一朵浪花是渺小的,波浪滔天的海洋就是它集体动力的表现;一粒沙尘是渺小的,它们造成了巍峨的泰岱;一株小草也是一面造物的小旗;一朵小花不也可以壮一下春的行色吗?

我说的渺小是最本色的,最真的,最人性的。一颗星星,它没有名字却有光,有温暖,一颗又一颗,整个夜空都为之灿烂了。谁也不掩盖谁,谁也不妨碍别人的存在;相反地,彼此互相辉映,每一个都是集体中的一分子。

当个人从大众中孤立开来,而以自己的所长傲别人所短,他自觉是高人一头;把自己看作群众里面的一个,以别人的所长比自己的所短时,便觉出自己的渺小。人类的集体是伟大的,我常常想,不亲自站在群众的队伍里是比不出自己的高低的;我常常想,站在大洋边岸上向远处放眼的时候,站在喜马拉雅山脚下向上仰望的时候,才会觉出自己的渺小。

因此,我爱大海,也爱一条潺潺的溪流;我爱高山,也爱一个土丘;我爱林木的微响,也爱一缕炊烟;我爱孩子的眼睛,我爱无名的群众,我也爱将军虎帐夜谈兵。

一缸父爱

◎司德珍

> 在父亲的笑声里，我红了眼眶。

夏至刚过，父亲就打来电话，说家里种的瓜果都能吃了，让我抽空带孩子回去尝个鲜。他在电话那头滔滔不绝地介绍着：今年的桃子结得好，又脆又甜；西瓜也好，汁多瓤沙……我不忍拂了他的兴致，便答应了。周末天气炎热，我懒得出门，就打电话告诉父亲，手头上还有些活儿没忙完。父亲"哦"了一声，有些失落地说："忙点儿好，忙点儿好。"隔了一日，父亲又打来电话："你再不回来，只怕那些瓜果会坏掉的。"我正卧在沙发上享受着有空调的惬意时光，便告诉父亲，那些瓜果城里也有卖的，家里的就留着给他跟母亲吃吧。父亲固执地说："那怎么行，这些都是你最爱吃的。"随后，他顿了一下，说，"你别管了，爸来想办法。"我心想，他能想出什么办法呢？

中午时分，再次接到父亲的电话。他说："闺女，我跟你妈到你们小区门口了，门卫不让进，要不你来一下？"我有些疑惑，怎么会不让进呢？我忙挂了电话往小区门口跑去。一下楼，暑热扑面。我忍不住暗自抱怨，有什么事，非要大晌午的跑一趟，多遭罪。远远地就看到父亲在大门口站着。我小跑着奔向他。父亲看到我，赶忙跟门卫解释道："这就是我闺女。"门卫处的人一再跟我道歉，说父亲的三轮车里拉着一堆棉被和一口水缸，他们误以为是拾荒的，实在对不住。我顺着门卫指的方向望去，看到母亲正坐在三轮车里，不时拽一拽水缸上的棉被，防止它们滑落下来。我赶紧跑到三轮车旁，掀开棉被望去，这口土陶缸里装了半缸清水，冰着那些瓜果。母亲说缸里的水是父亲出门前才从井里打上来的，一路上用棉被护着，现在还是冰凉的呢。

到了家，我和儿子贪婪地捧着瓜果啃。父亲满眼笑意，说："我就说我有办法吧。"母亲在一旁说："怕路上颠簸磕坏了瓜果，他今天骑得慢，比平常到这儿多用了二十几分钟呢。"父亲不好意思又心满意足地笑了。从老家到我的小区，40多千米路程，我年近七旬的父亲蹬着三轮车，骑快了怕磕坏了缸里的瓜果，骑慢了怕暑气侵袭了缸里的井水。他就这样沉稳地踩着脚踏，一路呵护着这口水缸。过往的行人没有人知道，父亲护着的那一缸不只是女儿喜欢吃的瓜果，更是满满的父爱。在父亲的笑声里，我红了眼眶。

高原红

◎ 张中杰

作为团部宣传干事，我被抽调到军史编辑小组。工作任务是整理资料，本来一切都挺顺，但遇到一位牺牲的英烈高山，所留存的他的资料仅有一张照片，一时间卡了壳。发黄的照片里一张稚气未脱的阳光笑脸，黝黑的脸蛋上泛着红圆圈，照片背面，是一行钢笔字，"高山，阿里守边某班班长"。

我找到了当时参与救援的战友方向。方向说："我听说高山是为陷入悬崖边雪坑的汽车脱困，不幸意外坠落牺牲的。接到消息，我们和医护人员赶去，高山已经被简易担架抬上来了。脸色青紫，瞳孔放大，除了口袋里一张新婚夫妻合影照片，连一句话也没留……"话没说完，他的眼圈红了。联系到了驾驶员，他说："那个风雪交加的黄昏，车的右面后轮陷进一个坑里出不来了。执勤的高班长带队路过，主动留下来帮我们脱困。他让我挂一挡，稳住油门，他在轮胎后面推车。坚持了二十几分钟，终于，汽车脱困成功。可是他却不幸意外摔下十几米高的悬崖。后来才知道那天正是他复员回家前的最后一班岗……"驾驶员很动情，明显哽咽了。

我联系当初第一时间采访报道的记者凌云。凌云说："原青是我爸战友的女儿，当初原青参加征兵志愿者服务，看到高山脸上的高原红，心里就喜欢上他了。后来，鸿雁传书，两人喜结良缘。谁知道，结婚第五年，一家人盼着团聚呢，却等来他为救一车人牺牲的消息……"

汽车、火车、中巴车，几经辗转，我终于见到了高山的妻子原青。原青说："高山留给我们娘儿俩的只有这一摞书信。最后一封信，说不论男孩女孩，都叫高原红。高山说，那是我们俩名字的组合，也有家乡苹果的颜色和味道。我喊起来会想念高原的高山，他叫起来会思念我和家乡……"

在"高原红"军人展览馆，我见到了退役保障局局长。局长说："我们收到了20多万元捐款，可是原青一家拒收，让代捐给县里抗美援朝老军人和烈士遗属……"随着他的手势，我仔细观看展馆玻璃下高山和原青的放大照片。穿着军装的高山英气逼人，穿红裙子的原青羞赧地笑着。高山脸上的高原红映着原青的红脸庞，喜气洋洋。那张照片是凌云拍摄的，也是展馆56位英烈遗照中留下最少的。望着照片上火红的高原红，我庄重地敬了一个军礼。

> "望着照片上火红的高原红，我庄重地敬了一个军礼。"

真正的勇者

◎ 尤今

作家约翰·韦恩·希许拉特的短文《早上见》，为"勇敢"一词作了精辟的诠释。作者的外祖父约翰是牧师，20世纪90年代初期，在他所住的小镇里，教会的人去世，尸体都会放在牧师家的大厅里。当时，作者的母亲玛丽只有八岁，自然把这视为恐怖的事。有一天，约翰把八岁的女儿抱到大厅去，要她触摸墙壁，并说出心中的感觉；玛丽表示那墙壁"又冷又硬"，约翰于是又把她带到棺材边，要求她把手放在死者史密斯先生的脸上。女孩心中虽然害怕，但是她全然信任自己的父亲，便硬着头皮照做了。约翰再问她有什么感觉时，她如实说："感觉像墙壁。"约翰因此温和地说道："这就对了，我们的朋友史密斯先生搬家了，这是他的旧壳，你没有必要害怕一间旧房子。"

作者指出：这堂课对他母亲玛丽的影响极大，此后一生，她对死亡不再害怕。许多年以后，在她临终前夕，当哀切的家人站在她床前时，她竟提出了一个不寻常的要求："别带鲜花到我的坟上，因为我不会待在那儿。当我舍弃这个身体后，会到欧洲去，你们的爸爸是留不住我的。"原本气氛沉重的病房变得轻松起来。家人离开医院前，一一和她吻别，她微笑着说："我们早上见。"次日清晨，作者接到医生的电话，说她已经动身到欧洲去了……

活得积极起劲而又能以平常心看待死亡的，是智者，也是勇者。我的婆母是其中的佼佼者。她总是把生活的内容弄得花团锦簇，烹饪、缝纫、园艺，样样精通。热热闹闹地过了八十大寿之后，便有条不紊地把她手上所有的股票和首饰做了公平的分配，了无牵挂地过她的轻松日子。81岁那年，到海南岛省亲，病倒入院，奄奄一息。然而，当她神志略一清醒，便吵着回家。家人千方百计地把病弱的她送返家门后，她才老老实实地告诉我："我想死在家里呢！在国外办丧事，你们千里迢迢地飞来飞去，多不方便！哪知道，一回到家，心踏实了，反而死不了！"说着，兀自笑了起来。85岁生日后，每天总要花上一两小时，利用按摩器来促进全身血液循环。她说："我要健健康康地死，不然，瘫痪在床上，连累子孙啊！"说这话时，旭阳在她瘦削而不干瘪的身体上镀了薄薄一层金光。

> "活得积极起劲而又能以平常心看待死亡的，是智者，也是勇者。"

人生最后一课

◎ 刘荒田

老妻接了一个电话，然后向我转述。我大笑。她说的趣事是这样的：旧金山10位乡亲（5对夫妇）组团，参加邮轮8日游，成员均已七老八十，但这种游法是"大姑娘坐轿——头一次"。当然，他们不但有余钱，还有闲暇，身体也可以。团友之间都有数十年的交情，途中不愁没人做伴。粗看条件一一俱全。更何况，这一次是从旧金山的码头上下船，而不像乘别的邮轮，要坐飞机去别地。行将出发，他们一个个像小孩子巴望新年。

始料未及的是，10个人中有六七个，上了船，把行李放进房间，心思来了个180度转变，心虚地问："可以退吗？不想去了。"邮轮开动，吃饭的时间到了，他们在自助餐厅占下3张桌子，拼起来，以便互相照应。其中两位去取食物，却不知晃到哪里去了，等大家吃完才露面。因为迷了路。这害得大家差点向邮轮上的工作人员报告：有人失踪。

我笑过之后，想：可敬的乡亲，大半生以勤劳为己任，如今面临最后一道难题：如何消闲？到了这个年龄，儿女这一代都在忙自己的事，孝顺只靠偶尔的探望表达。孙儿孙女上了小学、中学，不需要他们照顾。为"忙碌"而设定的人生主调，再也奏不响。每天的"时间表"基本上是空白。待在家，再闷也凑合着过，因为习惯能够摆平一切。而邮轮上，一切陌生，磕磕碰碰，怪不得他们马上怯阵。

总而言之，晚年如何度过，是难度不小的功课。人生这最后一道如不予恶补，生活质量难以提升。眼前的日子，本是前半生所向往备至的，无牵累，无约束，钱包可以对付，你硬是不敢要，到手了也要"退货"，难道非要独沽一味——病吗？

很多同胞不注重精神生活，已是大缺陷。加上一向不注意培养可贯彻至老年的兴趣或者习惯，不为消闲时光建构同人团体，如下棋、打牌、摄影、绘画、书法、高尔夫、旅游、打猎、钓鱼、跳舞、读书，因此大多数人难以给平淡、单调的生活加上色彩和滋味。

如果他们愿意拿出仅存的兴趣，倾听他人的建议，我只提供一点：努力走出去。坐井太久，欲观天必须跳出来，到广阔的世界去。

"
努力走出去。坐井太久，欲观天必须跳出来，到广阔的世界去。
"

乖孩子的劣迹

◎周国平

> 如果一个孩子足够天真，他做坏事的目的是很单纯的，兴奋点不可救药地聚焦在那件事上，心情当然紧张，但没有罪恶感。

小时候去做客，大人们常常夸我乖。我真是够乖的。我的乖一开始可能源于怕羞，因为怕羞，只好约束自己，后来却更多是因为受大人们夸奖而自我约束了，竭力要保持他们眼中的乖孩子形象。大约还是父亲在新新公司的时候，我才四五岁吧，父亲带我参加一个同事的婚礼。新娘披着婚纱，叔叔阿姨们朝她身上抛五颜六色的纸屑，撒得满地都是。我心里惋惜极了：这么漂亮的纸屑给我玩多好。我很想对他们说，可就是不敢。后来，父亲又带我参加我的一个远房堂兄的婚礼，新郎新娘很喜欢我，把我带进新房，抱到一把椅子上，给我吃糖。有一颗糖滚到角落里去了，我多么想去捡啊；可是，我双脚悬空坐在椅子上，听着新郎新娘的赞美，就没好意思下地。

在家里，我比姐姐受宠得多，也比她心眼多得多。

有一回，我和姐姐都养了金鱼，每人两条，分别养在两只小碗里。没过几天，我的金鱼都死了，我又去买了两条，又都死了，而她的两条始终活泼。强烈的嫉妒心使我失去理智，干下了可耻的勾当。趁没有人时，我走近她的小碗，心脏怦怦乱跳；我捞起那两条鱼，紧紧握在手心里，估计它们死了，才放回碗中。没想到它们又游了起来。一不做，二不休，我把它们放进开水里，再放回碗中。姐姐当然做梦也不会想到事情的真相，她发现她的金鱼也死了，只是叹息一声，又出去玩了。现在她肯定早忘记小时候养金鱼这回事了，但我永远记得她的那两条金鱼，这件事使我领教了嫉妒的可怕力量：它甚至会驱使一个孩子做出疯狂的事。

上小学时，我还偷过同学的东西，共有两次。一次是偷玩具。另一次是偷书。作为一个内向的孩子，我的发展存在各种可能性。如果一个孩子足够天真，他做坏事的目的是很单纯的，兴奋点不可救药地聚焦在那件事上，心情当然紧张，但没有罪恶感。

我庆幸我偶尔的不轨行为未被发现，否则必然会遭到某种打击和羞辱，给我的成长造成阴影。这就好像一个偶尔犯梦游症的人，他的病醒来可以自愈，可是如果他被叫醒，就会产生严重的后果。

喜乐的人有了不老的岁月

◎ 凸 四

祖父问我，在这个地界，哪个时辰大家都喜乐？我左思右想，找不到确切的答案，便对他说，你说。纳凉和赏月的时候，大家都喜乐。他说。为什么？他说，月挂高空，风吹阔地，空阔的地界，容不得小——没有哪个人能独自私昧起来，好风景被大家共有着，贪占之心就去了，径直享用，不生妄念，就没心没肺地乐。你要是不信，且留心看吧。

一旦留心了，祖父的话竟在许多地方都得到了验证。

譬如西坡上有一片杏林，结的都是水杏。水杏大家共享，心情就敞亮，话语就稠密，大家有说有笑，其乐融融，且都盼风调雨顺滋润树木，让杏子多结一些。

再譬如祖父房后的那群蜜蜂。本来祖父是羊倌，无心做蜂匠，但老天偏偏赏赐给了他一群蜂。有人问，你老精明，可有法子收束？祖父不紧不慢地圈好了羊，去了村部的库房，那里有一个闲置的蜂箱和几页蜂胚，他借了出来。他弄了一碗白糖水，涂在蜂胚之上，举到大槐树下。野蜂居然都飞来落脚，竟至伏贴得密密麻麻。把蜂胚依次放入蜂箱，搬到房后，就成了一群家蜂。

起初人们惊奇，再后来人们脸色阴沉。有人说，蜂飞在野处，是大家的，入了你的蜂箱，就是你的了，是不是有些不公平？祖父一笑，说："俗话说，拔腿才见两脚泥，你们真是心性小，连拔腿出水的耐性都没有；请你们记住了，日后，这蜂还是你们的。"祖父把放羊之余的时光，都给了这群野蜂。耐心调教，悉心喂养，他把它们侍弄得驯顺了。待荆花繁盛的时节，它们拼命酿蜜，给人以回报。割下蜜来，祖父对村里人说，你们且拿碗来。蜜分到人们的碗里，好像也把喜乐分进人们的心田，他们品尝着意外得来的甜蜜，心中的结解开了，喜乐之余，对祖父多了敬重。

一天，祖父又问我："你看咱家里谁最喜乐？"

我说："自然是您。"

祖父摇摇头，说："你这是在拍马屁，其实你也知道，咱家最喜乐的人是你奶奶。她一辈子不会算计、不长私心。你看你奶奶心里多空阔，空阔得能跑一辆马车。这样的一个人，怎么会不喜乐？你看她都七老八十了，还长着一张娃娃脸，黑俊黑俊的，那是老天爷长眼，让喜乐的人有了不老的岁月。"

> 好风景被大家共有着，贪占之心就去了，径直享用，不生妄念，就没心没肺地乐。

留堂到最后

◎ 和菜头

在我的中学时代，最有趣也是最残酷的一幕，就是每天下午放学之后的留堂。下午一般都是数学课，老师会随堂布置两三道题，要求我们正确解答之后才能放学回家，并且不允许同学之间相互讲解。

没有什么比留堂更能让人绝望地认识到人和人之间的智力差距。最早一个完成题目，背起书包离开教室的学生，和最晚的一个之间的时间差可能达到2小时。当第一个学生打开教室门走出去的时候，所有剩下的人心里都如同万马奔腾：他为什么那么快？又是怎么解出来的？

有了第一个，然后就会陆陆续续不断有人交卷。每走一个同学，剩余人内心的压力就会大上一分，从茫然无措逐渐变成焦头烂额，然后是对同学的羡慕嫉妒、对题目的仇恨敌视和对自己的怀疑否定交织在一起，在心头起伏不定。这真的很痛苦。于我而言，痛苦之处不在于谁先走谁后走，而是他们离开教室这件事意味着他们知道一种我所不知道的解题思路，我因为我的不知道而感到痛苦。最让我痛苦的是，我会逐渐意识到我原先的想法根本就是错的，而我不知道应该如何去想才是对的。一定要到了极为痛苦，到了极为疲惫的时候，实在是想不动了，内心会稍微放松一点点，突然扭转一个方向，在转瞬之间就找到了去处，找到了希望。在那一瞬间，我可以完整地体会到先前他们那一声"啊"究竟是什么心情，什么体验。一切都豁然开朗——我知道了。

我不止一次留堂到最后，其实留堂到最后也没什么。老师也需要下班回家煮饭，她只会用很平淡的口吻说一句："不用做了，你走吧，明天照同学的答案看看。"于她而言，这是平常事，总有一个学生会留堂到最后。

但是我很喜欢"啊"那一下，简直可以说是迷恋，那种突然通畅、内心澄澈的感觉，有过一次就再也无法忘记。每"啊"一次，我都觉得我变得聪明了一点，我都觉得我知道得更多了一点，我因为我可以彻底转换一种想法解决问题而感到充实、安全和快乐。

我想，如果时光倒流，回到从前，我还是会选择战栗着走进教室，继续参加每天的留堂，继续忍受希望和绝望交织的煎熬，只是为了那束光最后能照在我的头顶。

> 没有什么比留堂更能让人绝望地认识到人和人之间的智力差距。

养蝶记

◎ 项丽敏

我不知道它们是否还活着。它们看起来很像一种浆果，挂在那里。它们是我三天前的清晨从野外摘回来的，连同整片苎麻叶子。

我先是将它们挂在阳台吊柜的挂钩上，后又取下，移到一盆绿萝上挂着。它们是有名字的，它们的名字叫作蛹，蝴蝶的蛹。立秋后的第三天，蛹的颜色明显加深，乳黄转成锈红。两只蛹采回来已有十天，除了颜色的转变，外形并没有什么变化。夜里下起大雨，清晨停了。

醒来后打了一个激灵，我想起阳台上的蛹，赶紧起床，去阳台，见一只小小的苎麻黄蛱蝶，抱着已经空了的蛹壳，一动不动，我心里一喜，又略觉遗憾：终究还是没有见到蜕变的过程。另一只蛹还没有破壳的迹象，这有点出乎我的料想，原以为两只蛹会同时成蝶。

并非每一只蛹都能顺利地蜕变成蝶。在野外常见到这样的情景，一只已经枯萎的幼蝶，身体一半露在外面，一半卡在蛹壳里。当它不能及时从蛹壳里脱身，就会窒息而死。也有一些蝶蛹，在挣脱蛹衣成为蝴蝶后，扇动翅膀的刹那，就撞进一边等候多时的蜘蛛网里，徒劳地挣扎着。还有更多的蛹，没来得及变成蝴蝶就进入天敌的胃囊。

小蛱蝶在阳台上待了半天，原以为它晾干翅膀就会飞走，可我一次次去阳台看它，发现它仍保持着早晨的姿态，翅膀偶尔打开，又合拢，静如处子。想了想，我从屋子里拿出扇子，对它扇风。有了风，小蛱蝶总该可以飞了吧。小蛱蝶果然打开了翅膀，触角开始摆动起来。我赶紧放下扇子，举起手机。小蛱蝶很配合我的拍摄，优美地扇动它已然充满活力的翅膀。半分钟后，小蛱蝶尾部喷射出白色的乳浆，随即飞起——哈，它竟然还有着喷气式飞机的功能。

在它飞离的一瞬间，我清晰地看见，另一只蛹突然用力扭动起来。次日清晨，去阳台，看见和前一日相同的情景：另一只蛹也已经破壳而出，正在假寐。如此看来，蝴蝶的蜕变确实都是在夜里完成的。野外，露水变得密集。那丛芭茅上，已经见不到一只蝶蛹，现在只零星地剩下几枚蛹壳。偶尔飞过来一只蝴蝶，像是匆匆路过，也像是寻找一件记不清是什么又很重要的东西。

> 如此看来，蝴蝶的蜕变确实都是在夜里完成的。

做个拯救自己的人

◎ 杨熹文

> 只有自己最了解自己的痛苦，知晓自己的快乐，为自己的人生负责任。

一个人所有的不愉快都是有原因的，而我的烦恼像是一团乱麻。如果你肯理顺它，扒拉到中间，就知道我为什么一直以来闷闷不乐，而我心里也一直清楚，这生活中诸多不如意的核心，就是我太胖了。

那四年间，我从刚进大学时的九十五斤，迅速吃成一百斤，再放纵成一百一十斤，最后膨胀到体重秤上的一百三十斤。我越来越胖，胖到无可救药。其实我心里明明知道解决这个问题的方法，却怀揣了四年，一直在拖延。毕业照上的我，丑，胖，一脸的不安，那不是青春该有的样子。我带着这些肥肉又过了几年，心中的坏情绪更加严重，完全影响到了我的正常生活，我这才下定决心去跑步。

自从开始跑步，体重减下十几公斤后，我也经常在网上和大家分享心得。我不时地就会收到这样的私信："我也是一个胖姑娘，现在每天都抑郁，特别害怕和别人接触。我想跑步减肥，就是坚持不下来，你骂骂我吧！""我这个月把信用卡刷爆了，明明知道没钱，但看到好看的衣服还是管不住自己，怎么办呀？""我要和男朋友结婚了。他之前比较花心，我也知道他不是个能给我安定生活的人，我好痛苦啊，该如何选择？"诸如此类的问题，我每天都会看见，而且总是免不了一番感慨。或恨其不争，或爱莫能助，或难以理解。我观察过身边一些过得不如意的人，发现大家无论在经历着多么千差万别的烦恼，却几乎都有着同样的弱点：明明知道自己不喜欢眼前的生活，可就是懒得改变。

我从前以为成功人士的人生平顺，才能做出多于常人的成就，而后来却发现他们的人生并非一帆风顺，有时比常人更坎坷，只不过在他们的世界里，面对问题的态度非常简单：如果觉得身材欠佳，那就去跑步、去爬山、去做瑜伽。如果觉得钱包干瘪，那就去努力工作，拼命赚钱。如果觉得缺乏进步，那就学习，去弥补不足。一直喜欢一句话，灵魂是注定独行的。越长大越更能够深刻体会到，父母、伴侣或者朋友，都不能成为一个同行一生的人，只有自己最了解自己的痛苦，知晓自己的快乐，为自己的人生负责任。也只有自己才能真正选择，是继续深陷泥潭，还是去做一个拯救自己的人。

怎样才能出名

◎ 贝小戎

大部分人都想成为名人，有名就有利。

哈佛大学法学教授卡斯·桑斯坦在《如何成名》一书中说，一个有才华的人要想取得成功，除了靠个人奋斗，还要有一些运气，需要学校、配偶、合作伙伴、赞助商、组织者的协助。桑斯坦说，成名背后的机制自古以来就没变过，出名要靠"信息瀑布"。

比如，跟奥斯丁同时代的作家玛丽·布伦顿，"从大多数标准来看，她比奥斯丁更胜一筹。在有关英国文学的参考书中，布伦顿比奥斯丁受到更多的关注。但她的作品已经变得默默无闻，而奥斯丁成了巨星"。为什么会这样？她和丈夫没有孩子，她的作品缺乏支持者。她与出版商没有联系。她不追求名利。而奥斯丁的侄子出了一本关于她的回忆录，她被塑造成快乐的、虔诚的姑妈，对所有人都善良慷慨。有人认为她浪漫，有人认为她传统，有人认为她是坚定的保守派，有人认为她是无畏的进步派。

所谓"生不逢时"，确有其事，成名需要一个人的作品跟民族或时代的精神合拍。"在某个时代一个人也许可以取得惊人的成功；但如果早出现十年，他们可能会被认为不可理解，而晚十年的话，他们可能会被认为过时了。"

加拿大文学评论家休·肯纳说："1600年，没有一个英国人生活在莎士比亚时代。因为1600年，没有莎士比亚时代。"1600年，根本没有经典。莎士比亚的文集是他去世后他的朋友们在1623年给他出版的。文学教授哈罗德·布鲁姆认为："只有通过美学力量，作品才能进入经典的行列，而美学力量主要由以下因素构成：掌握比喻的语言、独创性、认知能力、知识、丰富的词汇。"作品的内容如果过度熟悉会让人感到乏味，过度新奇则让人难以理解。

出名的轨迹遵循马太效应。美国心理学家科林·马丁戴尔发现，在《牛津英语诗歌》中列出的602位著名诗人中，只有很少一部分诗人的作品被大量引用。有34516本书是关于这602位诗人的。其中9118本书是关于莎士比亚的，占26.4%，1280本书是关于弥尔顿的。前12位诗人占了50%左右。一个人越出名，就越容易变得更出名。

> 作品的内容如果过度熟悉会让人感到乏味，过度新奇则让人难以理解。

老木匠

◎ 陈晓霞

> 无论是一个人还是一棵树，都需要有个伯乐点拨。

寿光城南的老木匠其貌不扬，却会识别和改造木头。

这是一门了不起的手艺，无论是一个人还是一棵树，都需要有个伯乐点拨。从这个角度说，老木匠就是木头们的伯乐。想想吧，一院子木料，出身不同，质地各异，外行无从下手，老木匠经过分门别类，锯割拼接，木头们摇身一变成了风骨峭峻的家具。它们被摆进客厅，放到书房，居室一下有了神采——或古典或现代，或简约或深沉，这全靠老木匠的一双巧手和一颗爱木头的心。

五年前搬迁新居，我从老木匠那里定制了全套家具。因为样数较多，老木匠亲自带领一支队伍送货上门。老木匠小心翼翼地揭去包装，带着炫耀的表情邀我欣赏这些家具。它们高贵地沉默着，姿态端庄，仿佛从来不曾有过在山野中风吹日晒的历史。但我记得它们原来的模样。当时这些木材有的摆在老木匠的院子里，有的堆在库房中。它们中的绝大多数带着东南亚和北美的遥远气息，有越南花梨、缅甸鸡翅、北美黑胡桃等美丽的名字。现在，它们终于在老木匠的手里脱胎换骨了。以端庄高雅的中式面孔开始另一种生活。它们将忘掉自己的名字，忘掉故乡，在居室里重新生长。生长由外而内，将时间、温度和人间气息慢慢渗透进木质里去，和墙壁、地板长成一体，长成家的一部分。

不过这个过程并非一帆风顺。前段时间，靠窗的那张沙发忽然出现了一道裂缝。为了阻止木头继续开裂，我自作主张地擦了一些食用油。然而，裂缝越来越长，我不得不把老木匠请到家里。他一进门就扑向那些家具，先看颜色，再看光泽，好像看他寄养在我这里的女儿有没有被我饿得脱相。还好，他对我的养护总体是满意的。但得知我竟然对家具使用了食用油，他痛心疾首："为什么不早告诉我？得用木蜡油啊！"最后他决定抬走那张沙发，带回去重新调养。

目送他走出大门，我一下想起了他带我看木头的那天。那天，他热情地晃动着手指，对着一屋子木头如数家珍。当时我想，这真是一个狂傲的木匠。如果把一屋子木材还原成大树，我们该是站在遮天蔽日的森林里，可他要毫无商量地推倒大树，让它们从头再来。而五年之后的此刻，老木匠又一次做出决定，他要让一张沙发从头再来。

讨要幸福

◎董改正

国庆回家时，正下着小雨。母亲在檐下俯身剥绿豆，闻声抬头，见是我，又惊、又喜、又恼："怎么不说一声？"我听得懂她的言外之意，便嘻嘻哈哈地说："妈，我是回来要东西的。"母亲站起来，脸上又开心、又担忧，问："你又不提前说要什么。""我要五斤新米，煮稀饭。""这个有。"母亲高兴起来，说，"今年旱得很，但是家塘上那块田还是丰收，可能因为阳光好，味道特别好，你在超市买不到的。"母亲满脸骄傲。

"我要秋辣椒。"母亲笑起来，说："这个不用你说，留着呢！我知道你喜欢吃秋辣椒。"

母亲笑，我也笑。"还有吗？"母亲问，显然她已经胸有成竹了。"我要山芋粉。"说到这个，母亲恼了。她说："你那个弟弟真是个傻子！人家办喜事要山芋粉，他把一桶都拎出来任人家装——你想想，一点儿不掺假的山芋粉，谁不喜欢？人家先是拿瓢舀，舀到底了，就拎起桶来倒，全没了！我现在氽肉汤，只好用面粉了！"

我大笑起来，母亲嗔怪地看着我。她这是为不能满足我的要求而恼呢！要知道，别人来我家讨要什么，她的风格和我弟是一样的。我咽下笑，说："不急，我下趟回来再拿。'七长上，八长下，九月取回家'，山芋就要挖了。"

母亲挎起篮子去菜园。我没有拦她。我站在檐下，看着年迈的母亲慢慢走进细雨中，我知道此刻她的心里充满骄傲和幸福——被需要的骄傲，尚能给予的幸福。这种幸福的滋味，是她熬过苦难岁月的动力。记得很小的时候，我在秋后的田里掰玉米秆子嚼——它们有类似甘蔗的丝丝甜味。母亲看到了，拿出几个鸡蛋，疾步而去，到街上换回一根紫红色的甘蔗。她看着我咀嚼着白玉似的甘蔗肉，擦了擦流过眉梢的汗，开心地笑了。

她慢慢地老了，年轻气盛的我，曾有过一段对她不以为然的时期，觉得她落伍了。人到中年后，我才知道自己是多么残忍。我开始向她讨要幸福，我的，她的，给予和讨要，一对茫茫人海中的母子俩共有的幸福。

母亲在细雨中回来了。她挎着一篮子的青红，她指着一个个秋辣椒，笑得比最红的辣椒还要灿烂。

> "这种幸福的滋味，是她熬过苦难岁月的动力。"

最温暖的高度

◎高明昌

> 这温暖的高度，正来自父亲对我们的爱。

三月过后，父亲就开始搭棚，要搭三个棚。一个是豇豆棚，一个是丝瓜棚，还有一个是扁豆棚。豇豆棚是三角形搭法，高在一米六左右，底座宽一尺半，紧凑、小巧；丝瓜棚也是三角形搭法，但底座宽，有两尺，高度在一米八左右，有点高挑，适合丝瓜悬挂的习惯；那个扁豆棚最矮，一米还不到，是四根树桩撑起来的，上面铺着四五根细竹藤条之类的东西，像是铺了一张大眼子的丝网。

为什么要这样子搭？父亲说，你母亲天天采摘豇豆，来回跑无数次，手忙脚乱的，这个高度正适合你母亲伸手、收手的习惯，快捷、便当，也省力。那其他的呢？比如丝瓜。父亲说丝瓜喜欢长在中间藤蔓上，长大后要垂下来，丝瓜又长又大，采摘时要用剪刀剪断藤蔓，高了，你母亲个子够不着；低了，你母亲要蹲身；扁豆花是开到哪儿长到哪儿的，棚高棚低，只要通风就可以，而一米不到的距离，你母亲采摘扁豆，就能像摘棉花朵儿一样，眼睛平视。我心里感动了，父亲搭棚，用心了，心里想着的是母亲。

岂止是搭棚。前些年，客人来到我们家，都说我们家的灶面有点低。我知道，灶面高低是有规定的，但父亲不管规定，硬是将灶面压低到我们需要的高度。父亲是个泥水匠，砌灶头时，特意将灶面降低了十厘米，这是父亲为我们专门设计的高度。父亲说，儿子还小，另外三个孩子都是女儿身，将来也长不到男人的高度，低点，大镬子的底碰得到，汤罐、小镬子的注水不需要垫凳子，镬子底的火头也不浪费。父亲就是不说这样的灶面，烧饭烧菜时，他自己要从头至尾弯着腰，这是个只有自己晓得累不累的活儿。

父亲最花神思的是水桥头。当年的水桥都是石板做的。我们淘米、洗菜、洗衣，甚至父亲和我劳动后的搓澡洗浴，都在水桥上完成。我们村离东海四五里地，河水涨高落低与潮汛密切相关，一天水位高低相差几十厘米。父亲将水桥的石材踏板高度框定在十厘米左右，每过这个尺寸做一个石级，一共做了五层。这样做，无论水高水低，踏板与河面一直是最接近、最亲近的；父亲有时在水桥旁边抽烟，看我们走来走去，他在想：这水桥的高度是否还可以改进啊？我想是可以的，这温暖的高度，正来自父亲对我们的爱。

拉坯师傅老冯

◎ 华明玥

景德镇的拉坯师傅老冯，一年前刚PK过来自日本的陶艺大师。因为双方都是拉坯技术的国宝级传人，这场交流带着浓郁的打擂台的气氛。日本陶艺大师在致辞时，谦逊中带着一丝隐而不露的傲慢。他声称，远在唐宋时期，日本是跟从中国师傅学习陶艺，而明清以后，徒弟的匠艺如此杰出，师傅是否及得上，可就很难说了。中方领队神色紧张地瞅瞅老冯，见老冯的瞳仁并没有因为忐忑不安倏然缩小，反而愈见其大而幽深，立刻放下一半心。说时迟那时快，双方都换上了拉坯工作服。十分钟不到，冯师傅已经拉出了宋、元、明、清四个代表时期的素坯。在冯师傅手下，元代的瓶子，瓶颈拉得很长，有一股顾盼生姿的秀逸之气；明代的花器，通过简洁敦厚的器型可看到"大道至简"的美，它看上去一无所饰，但竟然已经具备"空瓶无一物，梅香悄然至"的韵味。拉完了坯，冯师傅全身没有一个泥点子，呼吸比打擂拉坯之前还要匀和。日本师傅见了深深鞠躬，自叹弗如。

成功不是一蹴而就的。老冯8岁那年，一面上学，一面跟着景德镇技艺最好的拉坯师傅学艺。师傅看了他的拉坯，这样评价他："孩子，你脾气太刚，就算你有意识地去压抑急躁的性子，手上的动作也会使冲了。就算做出的器型有硬朗的棱线，你的手型也要柔和，连你的呼吸也要放柔。"师傅的建议是练太极。先在平地上练，再在梅花桩上练。

学艺十几年，厂里派技术精湛的师傅去故宫，替那些国宝复制展览品，师傅力排众议带上他。昔日的小冯终于有机会贴近去看那些国宝的胎骨究竟是什么样子的。在故宫的那些天，看到了各个朝代陶瓷的胎骨，沉厚敦实的、细挑空灵的、翩然绽放的、矜持收腰的……无数的旋转线条在他的脑海中盘旋流动，吃饭时有，洗脸时有，行走时有，做梦时有。

有人担心地去问小冯的师傅："你徒弟这是魔怔了？"师傅做了一个"嘘声"的手势，淡淡地说："不魔怔没法开悟啊。"忽有一日，小冯可以娴熟又笃定地拉坯了。他几乎是一夜之间成长起来的，连从没上手的器型也做得形神兼备，一通百通。他成了一个人的乐队，心中的旋律喷薄而出，一气呵成。一个拉坯师傅的充盈自信，就这样练成了。

> 他成了一个人的乐队，心中的旋律喷薄而出，一气呵成。

我替父亲看到了"可爱的中国"

◎方梅

> 爱国就是要建设祖国，把祖国建设得繁荣富强，建设得更加可爱。

我一生只见过父亲方志敏两次，但是够我怀念一辈子的了。1932年冬天，国民党军出动近四十万兵力，第四次疯狂"围剿"苏区。我就出生在这次围剿的炮火中。当时敌人已经冲到了村庄边上，母亲在转移途中自己扯断脐带，把我带到了人世间。迫于当时的形势，我被父母送到当地老百姓家里寄养。1935年，父亲被捕，继而遭到杀害，敌人为斩草除根，四处搜捕方志敏的后人。我被迫改了姓名，跟着养父母生活在农村。直到1949年8月，母亲费尽周折终于找到了我，把我接到她的身边。那时候我已经十八岁了。

十八岁，我终于又做回了"方梅"。十八岁之前，我一直在农村做农活，没有上过一天学。母亲知道后，立刻送我去烈士子弟学校读书。可我年龄大了，不愿意读书，三天两头往乡下跑。直到有一次，母亲非常痛心地对我说："如果没有把你培养成有文化的革命接班人，就是没有完成你父亲的遗愿，就是对不起你父亲！"

这句话深深地触动了我。从那以后，我发愤忘食，用功读书。到1953年，我已经认了不少字。那年，母亲郑重地送了我一本书。拿到手上，我才知道这本书原来竟是父亲的遗著之一——《可爱的中国》。母亲在书的扉页上写了一段话给我："梅儿，这本书是你爸爸在狱中用血泪写出来的遗言，你要反复地精读，努力地学习，用实际行动来继承你爸爸未竟的事业！"1986年退休后，我开始全身心投入寻访父亲革命足迹的事业。每到一个地方，人们听说我是方志敏的女儿，都热情地接待我。我在搜集资料和写作《方志敏全传》的过程中，再一次走进父亲的生命，走进父辈的历史。父亲生命中最后七个月与其说是被囚禁，不如说是在战斗——他写下了感人肺腑的《可爱的中国》《清贫》等名篇，以他真挚的心路历程鼓舞了更多后来者。

在我父亲所处的时代，爱国就是要救国。他一生忠贞不屈，到了最后牺牲自己的一切，都是为了救国。今天身处和平年代，爱国就是要建设祖国，把祖国建设得繁荣富强，建设得更加可爱。父亲毕生都在为一个可爱的中国而奋斗。

我可以告慰父亲：您笔下"可爱的中国"，我替您看见了，而且她比您想象的要好。

鹰有没有风口，都能飞起来

◎ 沈嘉柯

在我的中学时代发生了一件轰动全校的事。我们的高中建在县城旧址，所以古风犹存。县城后来迁移到新址重建，古城冷落。电影制片厂采风取景，顺便就在我们高中选男主角。导演要拍的是一个校园故事，演员想选"原生态"，没有表演经验的。女生们比较失望，因为女主角已经选好了，是个大城市的中学生。男生们排起了长队，面带兴奋，在学校里的文物点——革命旧址小红楼里试镜。他们鱼贯而入，出来的时候，个个垂头丧气。选了三天，只有我们班的大雄脸上布满神秘的笑容。没多久，宣布男主角就是他。

接下来的一个月，大雄从学校消失了。据说被剧组带到某个山里拍戏。回来时，问起大雄将来是不是要退学去省城当明星，他支支吾吾不肯细说，忙着补他落下的功课去了。

隔年在校门口遇到大雄，问出了答案，导演只打算让大雄拍一部片子，告诉大雄要好好学习。片子放映后，也没了下文。不过，那天下午，大雄说，他在山里看见老鹰了，鹰飞得好高啊！我依稀觉察到，大雄的话别有深意。我们这些生长在平原的孩子，从来没见过鹰飞。

再说说少伟吧，他是那种成绩垫底的学生，但也没坏到变成混混上街打架闹事。少伟上课常常睡觉，晚自习就溜达出去吃夜宵，瞎晃悠。那天下了晚自习回宿舍，我看见少伟一个人在操场上发呆。走近了，我发现他捏着一个啤酒罐。原来，他是在烦恼未来的人生。我说："你可以考体院，那次体育会考，你不是跑了前几名吗？"他想了一想，眼睛居然亮了，认真地和我聊起来。十几分钟后，他才走掉。后来，少伟没能考上体育学院。因为部队来学校"招飞"，各种体能测试，他都通过了。就这样，少伟去开飞机了。后来重逢，少伟为了感谢我，特意请我吃饭。不过，他要谢的其实是他自己。那场夜空下的对话之后，少伟的确开始练体能，天天跑步练倒立。命运垂青有准备的人。

现在的网络时代有句话叫"哪怕你是猪，站在风口，也能飞起来"。但细想一下，猪飞起来会是多么搞笑和狼狈。我觉得，当风真的吹起，在天上翱翔的，应该是老鹰。那才是真正的自由翱翔，天高地阔，迅疾如闪电，生猛有力量。鹰有没有风口，都能飞起来。

> "当风真的吹起，在天上翱翔的，应该是老鹰。"

美丽心灵

◎ 黎 戈

> 开阔的人生格局、深刻的灵魂感、对外物的照拂，这些会让人拥有真正的美，美到老。

《珍》出来了，这是关于专门研究大猩猩的珍·古道尔博士的纪录片。我看了，真是感人至深。古道尔自小就很喜欢小动物，总是想和它们待在一起，因为家境并不富裕，高中毕业后她只能到处打工，她用端盘子的小费，积攒了旅费，去非洲的国家公园，一个人去一座岛上，和许多大猩猩待在一起。她满足极了，这正是她童年时的梦想。

古道尔的美，在于不屈不挠的斗志。她只身登岛，每天早早起身，登山去观察和记录大猩猩的行踪，最终获得了它们的信任和近距离观察它们的机会。

她的美，在于博大的情怀。1986年出席了一场学术会议之后，古道尔博士意识到工业时代对生态环境的伤害，很多动物面临严峻的灭种危机。她决心从大猩猩研究基地走出来，致力于呼吁和促进环保工作。古道尔有一张非常典型的英伦美女的脸，五官细巧、金发碧眼，是个不折不扣的美人。到八十多岁，她都是梳着简单的短马尾，穿着卡其色或绿色的布衬衫、短裤，款式极为简单，这是为了方便科研观测。二十多岁时，古道尔奔赴梦想之地非洲，古道尔的妈妈勇敢地充当了陪伴者，带着医药箱上岛，和女儿吃一样的罐头食品和水果，在女儿整日上山观察猩猩无法陪伴她时，她给当地的黑人看病，与他们建立了良好的关系，为女儿日后的工作打下人际基础。古道尔结婚十年后，因为和丈夫长期分居，对方要求她放弃猩猩研究，和他一起生活。古道尔给母亲写信谈及自己的困惑，母亲立刻回复，"没有人是不能放弃的"，告诉她不要成为男性的附属品……后来古道尔离婚了，更加坚定地投入工作。

当我说美在灵魂的时候，你觉得这是个文艺腔的笑话吗？其实不是，开阔的人生格局、深刻的灵魂感、对外物的照拂，这些会让人拥有真正的美，美到老。

当古道尔博士不停地说，"我觉得自己完成了儿童时代的梦想，我很幸福，太幸福了"，那种历经折磨、奋斗不息、终于实现梦想的光芒，意义在握的笃定，照亮了她的脸。这不是打瘦脸针、羊胎素来拼命减少一条褶子、一个斑点那种表象的美，而是生命内在的光束。

两头大象打架

◎陈思呈

六一儿童节那天，我翻了一下古诗集，应景一读。这一读，发现了一个规律：在诗中写到儿童生活的人，其观察生活的角度往往跟常人不同。比如，一艘小船上，明明没下雨，两个孩子却撑着一把伞，为啥呢？因为他们把伞当帆来使用："一叶渔船两小童，收篙停棹坐船中。怪生无雨都张伞，不是遮头是使风。"又比如偷偷采莲的孩子以为自己的行动很高明，谁知浮萍出卖了他："小娃撑小艇，偷采白莲回。不解藏踪迹，浮萍一道开。"这些写到孩子的诗句都比一般的田园诗多了一些幽默感，还有一种与大自然特别的联结。很难想象一个成年人会做这些事，而这些事又是一个特殊的感知大自然的途径。我也从家中小儿那里得知一种对万事万物独有的感受力。

我家的蚊帐有一根绳子，睡觉前要用那根绳子把蚊帐拉起来。蚊帐用得久了，绳子拉起来有点费力。小儿六岁时，有一次我让他拉蚊帐，他一边拉一边念念有词。我问他在说什么，他说他在跟蚊帐道歉。他说，每次拉这根绳子，他总觉得蚊帐很疼，于是他每天只拉它两次。那天午睡时他拉了一次，到晚上时就是三次了，所以他觉得很抱歉。

我听到这通傻话，哑然失笑，但过后越回味越震撼。在一个六岁的小孩眼里，蚊帐也是会疼的，这个句子本身就是诗啊。作为成人的我们怎么可能赋予没有生命的蚊帐生命？就连动物，那些与我们不同类的生命，我们也很少能真正体恤它们的心情。在这方面，小儿经常令我感到意外。

比如他常常说，动物身上有着比人类优秀的地方。他之所以能说出这个观点，并不是出于孩童对动物的兴趣和了解，而是因为他站在更客观的立场上。他不像成年的我，觉得自己是人类，永远只站在人类的立场。他说动物之间的较量一般不会使用致命的武器。两头大象打架时，象牙会避开对方的要害。而在人类的历史上，我们看到的情况是，人类总是生产出更致命的武器对敌人赶尽杀绝。他说，动物之间交流时是不会出现说谎这种现象的，人类却经常会以谎言来获得一些利益，甚至用谎言来对待自己的孩子。

孩子让我们震惊的地方在于，他们轻松地指出了我们头脑中或者人性中的死角，让我们正视自己的僵化。

> 孩子让我们震惊的地方在于，他们轻松地指出了我们头脑里或者人性里的死角，让我们正视自己的僵化。

母亲的面影

◎季羡林

> 我怅望灰天，在泪光里，幻出母亲的面影。

夜里梦到母亲，我哭着醒来。醒来再想捉住这梦的时候，梦却早不知道飞到什么地方去了。

眼前飞动着梦的碎片，但当我想到把这些梦的碎片捉起来凑成一个整个的时候，连碎片也不知道飞到什么地方去了。眼前剩下的就只有母亲依稀的面影……在梦里向我走来的就是这面影。我只记得，当这面影才出现的时候，四周灰蒙蒙的，母亲仿佛从云堆里走下来，脸上的表情有点儿同平常不一样，像笑，又像哭，但终于向我走来了。

我是在什么地方呢？这连我自己也有点儿弄不清楚。最初我觉得自己是在现在住的屋子里。母亲就这样一推屋角上的小门，走了进来，橘黄色的电灯罩的穗子就罩在母亲头上。然而，我的眼前一闪，立刻闪出一片芦苇。芦苇的稀薄处还隐隐约约地射出了水的清光。这是故乡里屋后面的大苇坑。我又想到，当我童年还没有离开故乡的时候，每个夏天的早晨，天还没亮，我就起来，沿了这苇坑走去，很小心地向水里面看着。当我看到暗黑的水面下有什么东西在发着白亮的时候，我伸下手去一摸，是一只白而且大的鸭蛋。我写不出当时快乐的心情。这时再抬头看，往往可以看到对岸空地里的大杨树顶上正有一抹淡红的朝阳——两年前的一个秋天，母亲就静卧在这杨树的下面，永远地，永远地。现在又在靠近杨树的坑旁看到她生前八年没见面的儿子了。

但随了这苇坑闪出的却是一枝白色灯笼似的小花，而且就在母亲的手里。我真想不出故乡里什么地方有过这样的花。我终于又想了回来，想到哥廷根，想到现在住的屋子。屋子正中的桌子上两天前房东曾给摆上这样一瓶花。那么，母亲毕竟是来过哥廷根了，梦里的我也毕竟在哥廷根见过母亲了。

我起来拉开窗幔，一缕清光透进来。我向外怅望，希望发现母亲的足迹。但看到的却是每天看到的那一排窗户，现在都沉浸在静寂中，里面的梦该是甜蜜的吧！但我的梦却早飞得连影都没有了，只在心头有一线白色的微痕。此外，眼前只是一片空，什么东西也看不到了。天哪！连一个清清楚楚的梦都不给我吗？我怅望灰天，在泪光里，幻出母亲的面影。

因为笨拙，所以迷人

◎ 辉姑娘

一位作家讲过一件趣闻。某年她借住在朋友一幢河边别墅闭关写作，离开后，却接到了朋友的电话。

朋友支支吾吾问她是不是在别墅居住时，得罪过周围什么人。她有些吃惊，因为那别墅位于乡野，周围只有几户人家，彼此熟识，相处和谐，何谈得罪。朋友听后依然疑惑，说既然这样，为什么我住的这段时间，每天门口都扔着一些血淋淋的死蛙、死鱼，特别吓人。她也觉得奇怪，跟朋友分析半天，两人皆毫无头绪。临到撂电话时，她却忽然想起一事。晚春时下过一场冰雹雨，雨后她散步时，在河边遇到一只不知名的灰色大鸟，被冰雹砸伤了翅膀，她给它简单上了些药，又喂了它几条鱼，就放生了。朋友惊道：不会是传说中"鸟的报恩"吧。

于是蹲守几日，终于等到"始作俑者"。果然是一只"灰色大鸟"——它的学名叫苍鹭。这大概是最懵懂，也最宠溺的报恩了吧。

东北的冬天很寒冷，零下三十摄氏度，滴水成冰。儿时我臭美，常喜欢穿漂亮的雪地靴，然而往往越是漂亮的靴子越是不防滑，我平衡能力又不好，坐个屁股蹲儿是家常便饭。于是每到上学、放学，父亲就会让我抓住他的胳膊，稳稳当当走过小路的冰面。后来我长大了，父亲却病倒了。好在通过治疗，身体恢复得不错，至少可以拄着拐棍慢慢地走。这个冬天回家时，我又一次在冰面上摔倒了。龇牙咧嘴地捂着屁股走进家门，我嘟囔着外面的冰面太滑，父亲则急忙拄着拐棍去拿跌打膏药。

第二天，我醒得很晚，出了卧室却发现父亲不在屋子里。我跑出去，下了楼，远远就看见父亲的背影，他居然已经慢吞吞地走到了小区的门口。我抬腿就往他的方向跑，然而才走几步就觉得不对劲。停脚，低下头去看，眼前通往门口的冰面小路上，密密麻麻都是圆圆的白色小坑。坑不深，但数量多了，冰面变得粗糙，就一点儿都不滑了。不远处，看车大爷叫我的名字："你爸一早就起来了，自己一个人吭哧吭哧走了半天，砸了好多小坑出来。"

我向他飞奔过去，毫不犹豫。有什么可担忧的呢？每一步，都踩在稳稳的宠爱上，永远都不会摔倒。

> "有什么可担忧的呢？每一步，都踩在稳稳的宠爱上，永远都不会摔倒。"

真实的心跳

◎ 铁凝

> 没有什么能够代替真正的手、真正的眼、真正的身体，以及真正的心跳。

前不久，我的一个朋友对我讲了他经历的一件事。两个月前，他的女儿满18岁了。在女儿生日之前，父亲问女儿要什么生日礼物。女儿说，只想要生日那天父亲和她一起去文身店刺青。女儿的请求让父亲感到吃惊并且为难，他说他要考虑一个晚上。我的这个朋友已过50岁，事业成功。在这个晚上，他开始郑重考虑女儿的请求，他觉得这个请求其实是带有挑衅的试探。但是，他在觉得女儿荒唐的同时，突然也看见了女儿身上的自己，从前的自己。当年他不也充满探索、叛逆、不服输的精神吗？他决定答应女儿。

第二天，他对女儿讲了自己的决定。于是，父女二人开始研究文身的位置和内容。他们先商量了位置，确定在脚踝偏上处文。接着，他们说出各自文身的内容。女儿说，她要文神经传导物质多巴胺的化学式。她希望自己有长久的快乐。父亲说，那一年他攀上了珠穆朗玛峰，他准备文北极点、珠峰和南极点的地理坐标。

那天，父女二人来到女儿预先选好的文身店，在文身师的引导下，分别进了文身室开始刺青。女儿为自己的刺青录了视频，并发在朋友圈，得到大量点赞，因为她是全班乃至全校第一个走进文身店的人。父亲这边的文身，用了一个多小时。在这段时间里，他由不自在到坦然面对文身师，皮肤的灼热和微痛渗透到心里，使他得以在这奢侈的时间之外的时间里冷静、清醒。他为此感谢女儿，在智能社会就要轰轰烈烈地来临之时，一个18岁的孩子仍然渴望感受皮肤上真实的痛感，虽然这渴望有些许的虚荣心做伴。

我由这个朋友的讲述，忽然想到新近社交网络上的一批当红虚拟偶像。其中一个出道半年，已和众多国际一线大牌化妆品公司合作，影响力和号召力惊人。有意思的是，当被问到这些虚拟人物是否会取代真实的人，成为新的时代偶像时，那个虚拟偶像的合成者却果决地答道："没有什么能够代替真正的手、真正的眼、真正的身体，以及真正的心跳。"我要说，还有成长、痛感、欢乐和美梦。如同今天的读者之所以需要文学，是需要真实的心跳，需要生机勃发的脸，也需要被岁月雕刻的皱纹，以及阳光晒在真的皮肤上那真的油渍。而这一切，都还要仰仗时间的养育。

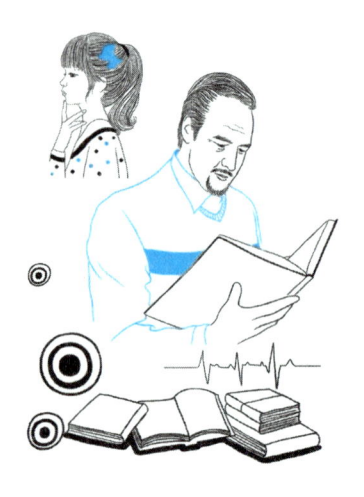

我也曾是个穷困潦倒的文艺青年

◎ [哥伦比亚] 马尔克斯 译/李 静

那年年初，按照和爸妈的约定，我去波哥大国立大学法律系报到，住在市中心弗洛里安街的一栋膳宿公寓里。下午没课，我没去勤工俭学，而是窝在房间里或合适的咖啡馆里读书。买得起书的朋友把书借给我，借期都特别短，我得连夜看，才能按时还。有一晚，室友维加带回刚买的三本书，和往常一样，随手借给我一本当枕边书。那本书是卡夫卡的《变形记》。读完《变形记》，我不禁渴望生活在那个与众不同的天堂。新的一天来临时，我坐在便携式打字机前，试着写一些类似于卡夫卡笔下可怜的公务员变成大甲虫的故事。之后几天，我没去上学，依然沉浸其中。对于卡夫卡我正忌妒得发狂，突然看到了一位文学评论家在报纸上发表的令人痛心的言论，感慨哥伦比亚新一代作家乏善可陈，后继无人。不知为何，我将这言论视为战书，贸然代表新一代作家应战，捡起扔下的短篇，希望能力挽狂澜。

礼拜二送的稿子，结果如何，我一点儿也不着急知道，总觉得要登也没那么快。我在各家咖啡馆闲逛了两个礼拜。九月十三日，我走进风车咖啡馆，进门就听说我的短篇《第三次忍受》被整版刊登在最新的《观察家报》上。

我的第一反应是：坏了，一份报纸五生太伏（生太伏，货币单位），我没钱买。这最能说明我的穷困潦倒。除了报纸，五生太伏能买到的生活必需品比比皆是：坐一次有轨电车、打一次公用电话、喝一杯咖啡、擦一次皮鞋。细雨还在静静地下着，我冒雨冲到街上，却在附近的咖啡馆里找不到能借给我几生太伏的熟人；礼拜六下午，膳宿公寓里除了老板娘，没别人，可老板娘在也没用，我还欠她两个月的房租。我无可奈何地回到街上，老天有眼，让我看见一个男人拿着一份《观察家报》走下出租车。我迎面走过去，央求他把报纸送给我。就这样，我读到了我印成铅字的第一个短篇。我躲回房间，心跳不已，一口气读完。逐字逐句一读，我渐渐觉察出铅字巨大的破坏力。

我投入了那么多的爱与痛，毕恭毕敬地戏仿旷世奇才卡夫卡，如今读来，全是晦涩难懂、支离破碎的自言自语，只有三四句差强人意。时隔近二十年，我才敢再读一遍，而我的评判——尽管心怀同情——却更加不宽容。

> "我投入了那么多的爱与痛，毕恭毕敬地戏仿旷世奇才卡夫卡，如今读来，全是晦涩难懂、支离破碎的自言自语，只有三四句差强人意。"

美丽的眼睛

◎莫小米

她很美，面容俊俏，身材高挑，是所有女孩儿梦想中的模样。她学舞蹈，专业能力过硬，前途大好。然而命运在她18岁时转了个弯，一场车祸，使她失去了右眼。最初她也没那么绝望，一只眼睛，仍能看见一切，不是吗？！万万没想到，当她伤口愈合戴着义眼重返校园，却发现自己不会跳舞了。身体机能的残损，只有当事人自己知道。少了一只眼，空间感没了，拿水壶倒水，会倒在杯子外面，下楼梯容易踩空，走路也无法走直线；舞蹈时，伸展伸展腿脚勉强可以，可高难度的空翻、旋转、腾跳，要么在落地时崴脚，要么出现偏差。踢腿经常踢到铁杆上，空翻又会撞到墙上。

有一次，从教室的一个角旋转到另一个角，没想到速度太快，把义眼片转飞了，肉粉色的眼台露了出来，20多个同学都原地愣住了。

十年过去，如今，她成了一名全职的义眼片制作师，开了一间属于自己的工作室。当年她用的义眼片，质量很差劲，眼神明显不对，颜色也不逼真，戴久了还会产生摩擦感，导致眼部发炎，她为此不得不做了二次手术，太受罪了。

她加入了一个单眼人群的群聊，发现大家梦寐以求的是高质量的义眼片，她想，何不自己来做呢？一来能帮到单眼人群，二来可以有一门手艺。而且她能感同身受地去制作，她是一个那么漂亮的姑娘，一定得有最美丽的眼睛。学习近两年之后，她掌握了基本技术，就拿自己的眼睛来试验。她发现之前有些机构做的义眼片，虹膜的高点不够，佩戴的时候，下眼皮容易往上挤它，总有一种快要掉出来的感觉。

她反复研究改进，最终找到了合适的高点。

她做的义眼片，颜色自然，给人一种很亮、很真的感觉，完全看不出来是一只假眼睛。

她开始接业务，每接一单，都当成一件艺术品来做。客户中有个女孩，戴上新的义眼片，激动得流了泪，说这么多年来，第一次看到义眼片能达到这么逼真的效果。

高质量的义眼片，来自心灵相通，她需要长时间地观察对方的眼睛。

她努力为他们制作能重新打量世界的美丽眼睛。

> "她努力为他们制作能重新打量世界的美丽眼睛。"

时间作为美的裁判

□卞毓方

初唐诗人张若虚的《春江花月夜》，被今人誉为"诗中的诗，顶峰上的顶峰"，但在唐代，诸家选本都未予采纳；宋代，诸位选家对其亦未予关注；有元一代，仍寂寂无闻；直到明人李攀龙出场，才在《唐诗选》中予以破格收录。从此拨云见日，名声日显，相继进入唐汝询的《唐诗解》、王夫之的《唐诗评选》、沈德潜的《唐诗别裁》等重磅选本。

证明"费马猜想"，即费马大定理，花了三个世纪；证明《春江花月夜》的美感度，则花了上千年。

时间才是最伟大的裁判。

排列之美

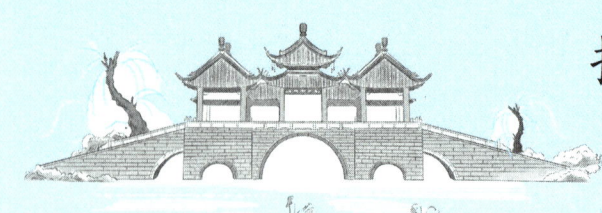

◎王太生

一路走来，深情回望，这样那样的排列都是一种美。

世间的排列很是有趣。

兰草丛中，落叶一片一片。这些叶子是从高大的栾树上飘下的，栾树结旋花，圆团的花束，小小的籽粒住在里面，散落兰草上，远远望去，凌乱而驳杂。这种看似散乱而内里却有规则可依的随意铺排，实际上是自然之手给出的作品，显现出秋日华丽的阵容与玄妙的图案。

似橘非橘的黄香橼，三三两两，聚枝而簇。香橼由青转黄，这样一种挨头挤脑的果实排列，让人不忍采摘。除了拽几颗放在鼻尖下闻香，更多的则被留在树上，欣赏它们挂在青枝绿叶中间，一个不让一个的憨憨神态。

最经典的物象排列，要数雁阵。风凉时，大雁在南归途中，"人"字形的结构，支撑起飞行的力量。头雁在前，小雁居中间，从而保证一个不落伍，一个也不掉队。雁在飞行途中，扇动的翅膀形成一股气流，紧随这样的队伍，那些体力相对较弱的雁，可以借力同翔，这是美妙排列所带来的神奇效果。

那些生物与植物的自然排列，有着内在的韵律。展示朝代更迭的土层也有排列。唐、宋、元、明、清……一直数到今。四川成都的金沙遗址，横断的土层像被切开的蛋糕，一层一层，不同印痕、色块的土层堆叠，组合成过去不同朝代沉积的历史。有时觉得，一帧精美绝伦的摄影佳作，就是寻找一种排列之美。在一个景区，摄影师拍摄了一大片生长旺盛、色调金黄明快的向日葵。一千朵、一万朵向日葵，横平竖直，铺展出向日葵蓬勃的阵势。

时光有排列，清晨、上午、中午、下午、傍晚、夜晚……呈现出一天24小时的光阴轮回。一年四季，春花夏荫，秋收冬藏，也是一种排列。节气与节气之间，有着内在的逻辑结构。人们在这样的四季排列中，生活悠然有序。在这样的排列中，安排着自己的安静生活。

人生也有排列，童年、少年、青年、中年、老年，循序渐进，呈现出生命的阶梯过渡和延伸。一路走来，深情回望，这样那样的排列都是一种美。

从容不迫的光

◎鲍尔吉·原野

光来到之后，世界的丰富和罪恶接踵而至。为一切事物制造一切幻象。

  才知道，这一生见得最多的是光。光伴随了人的一生，而不是其他。一个人离开这个世界时，他离开了这一世的光，变成光的另一种形式——碳化。

  光在子夜生长。夜的黑金丝绒上钻出人眼分辨不清的光的细芽。细芽千百成束，变成一根根针芒。千百根银针织出一片亮锦，光的水银洒在其中。还是夜，周遭却有依稀亮色，那是光的光驱。

  光告诉人们何为细微。蜜蜂背颈上的毫毛金黄如绒，似乎还有看不清的更小的露珠，也许是花粉，也只如一层绒。光述说着世界的细微无尽。唯细微，故无尽，一如宽广无尽。

  翡翠不过是光所喜欢的一块石头，正如黄金是光喜欢的一块金属。黄金的光芒当然是光的芒，它是金属里的君王，金属里的老虎。此光警告人等勿近勿取勿藏黄金。人被它的光照晕了，靠近攫取珍藏。

  光在田野上飞奔，无论多么快，它的脚跟都没离开过大地。光的衣衫上盖着土块乃至草的根须。大地辽阔，麦芒蘸着光在空气中编织金箔画。光让麦粒和麦芒看上去像黄金一样，不吝消耗无数光。

  光来到之后，世界的丰富和罪恶接踵而至。为一切事物制造一切幻象。人借此区分美人丑人，宝马香车。人对食物发明过一句无耻的评语：色香味。色即光，即食物入腹之前的色泽。香只是人的鼻子味蕾的偏见。母羊在煮熟的羊羔肉里闻不到香味。味是人类舌头和大脑共同制造的幻觉。它们约定俗成，认定其味优劣。

  早晨，光饱满地驻扎在世上的每一处。夜晚，光在不知不觉中逃逸，人根本察觉不出它的离开，只能愚蠢地说"天黑了"，就算天黑了吧，虽然这只是光的撤离。光在年轻人脸上留下光洁，在老年人脸上留下沟壑。人在光的恩赐下见到自己的美丑肥瘦，以此跟世界、跟自己讨价还价。光每天都离开，此曰无常。人不理会这些，在光再次来到人间时开始新的欢乐与悲伤，借着光。

回　声　　◎蒋　勋

我静静等候，知道所有的回声都还在秋水上徘徊。

　　庄子在《秋水》一篇里说："秋水时至。"文字一开始就让人感觉到一条宽阔清澈的河流，从远处流来，在入秋的幽静里不疾不徐地徜徉。因为河面宽阔，两岸的景象都显得渺小。我坐在窗台上看窗前秋水，看到一条解开缆绳的船越漂越远，远到变成一个黑色小点，远到最后看不见了。我想到庄子形容的"泛若不系之舟"，我们总是把船绑系在可以看见的眼前，或许"秋水时至"，这条船，不在我眼前，却可以随水流去天涯。

　　我们的视觉究竟能看多远？我们的眼睛究竟能辨识多么细小的对象？东方和西方都有过手工极巧的巧匠制作纤细的艺术品。在米粒大小的象牙上雕一整部《心经》或《赤壁赋》，用放大镜看，比毫发还细的线条流畅婉约，不输名家书法。荷兰十七世纪盛行静物写生，桌子上有一只盘子，盘子里有一条鱼，鱼遍身鳞片，鳞片上有着细细的反光，停着一只苍蝇，正搓手搓脚。巧匠的艺术挑战视觉的极限，也挑战手工技巧的极限，像运动员挑战速度或高度的极限，一旦超越了难度的极限，便会引起旁观者欢呼惊叫。今天的秋水显然没有让我欢呼惊叫，我只是看到一条解缆而去的船，越漂越远，远到不见，我因此知道了自己视觉的极限。除了视觉的极限，或许还有心灵感知的极限吧。

　　那个越去越远的黑点，我知道是一条船。我们可以做一个实验，把视觉里可以辨认的对象逐渐拿远，远到一个程度，对象无法辨认了，视觉到了临界，视觉绝望了。但是在视觉绝望的边缘，也许正是心灵视域展开的起点吧。视觉绝望，却使人领悟：我们自豪自大的视觉，还有多少看不见的东西。

　　我在窗边向空白的秋水长啸一声。长啸的尾音在水波上连续震荡，一直传到对岸。对岸刚好有一列地铁，向城市的方向驶去。尾音在风中回旋打转，部分被车声淹没，部分继续向前传送到对岸山谷。山谷被声音充满，树梢草丛流泉石隙都起了回声，连昆虫薄薄的翅翼也鼓动起了回声。

　　我静静等候，知道所有的回声都还在秋水上徘徊。

今我来思，杏花成溪

◎白音格力

那年来时，杏花已簌簌落下，不经意地，站在树下，就有花瓣落上肩头。

  今天去杏花疃了，杏花沿溪岸农家门前一路蜿蜒开得热烈，无限的美，美到身轻，再无俗事。云绕在环村的山尖上，远远地赏着；风停在尚无绿意的树的梢头，静静地守着。每走一步，都觉得走进了一幅画。

  其实杏花疃并不叫杏花疃，但我一直以它，在光阴诗笺上，在给你的信上，落款。那年来时，杏花已簌簌落下，不经意地，站在树下，就有花瓣落上肩头。轻轻地，但我感觉，肩头忽地沉了，继而凉凉的。那时，感觉这落的分明是雪。梨花落如雨，杏花却是雪。我心想，也许是因为杏花在薄春里早早地开放，所以落时触目即凉。也禁不住在心里念："昔我往矣，杨柳依依。今我来思，雨雪霏霏。"我曾认为这两句诗里的情感，是世间最苍凉的。而今天，我又来了。若我在一棵老杏树下，与你说起，今我来思，那我定不希望带一丝苍凉。我愿这清喜开过的花落下时，只不过是随一条溪远去。

  近几年，雨少，所以杏花疃的溪里是见不到山泉的。我一直那么骄傲地说，老杏树一定要养在老宅门边，或一定要有一条溪日月相伴。而今每次来，回到家为杏花写几笔时，总有意将溪忽略。今年三月初七，早早地来到杏花疃，花自然没开，还有雪。远山上有雪，一眼一眼的白；屋檐下有雪，一脚一脚的白。我只是想来看看老杏树，告诉它们，年年早来的杏花，被一个人岁岁念了又念。另外，我还特意在溪边的石头上坐了坐。我觉得，我的心美好了，这世界，便水流花开。以前每次来，我都会坐在这棵或那棵树下，这次是倚在一棵树上。倚着，闭上眼睛，感受花香落下来，落在发梢，落在眉间，落在耳边。而花影也落了身，又似衣，披了一身，于是我安心地闭目小憩。

  今我来思，杏花成溪。我知道，山泉从我心里的它门前流过：潺潺如歌，淙淙如语。而那花香，我在花影般的梦里，是要寄给你一整树的，从一条溪流上寄走，很慢很慢地抵达——我知道，你指尖的温柔收到过，你眉间的喜悦收到过。

屋 舍

◎傅 菲

风雪夜归人，再一次推开屋舍厚重的大门。

屋舍特别经得起破旧，像一个人，特别经得起衰老。墙，是黄土墙。瓦，是红土瓦。四面黄土墙，前后各开一扇门，两个斜屋顶，便是一间河边的屋舍了。一间屋舍可以住人三百年。

做房子，是大事。柱子、房梁和大门，用料都不能马虎。下地基，竖大门，上梁，乔迁，都要挑选吉日。建一栋房子，需要准备几年。木料、石头、粮食、菜蔬、工具、劳力、钱银，都不可或缺。墙是夯墙。泥是黄泥，黏土，掺石灰，用铲搅拌，一畚箕一畚箕，倒在一个夹板里，用两头狼牙棒一样的木柞，夯。夯夹板时，黄泥里会夹杂泡过水晒干的芦苇秆。竖了大门，石匠师傅便催促木匠师傅，加把劲，等着上梁。请来亲友乡邻，把屋架用棕绳绑起来，放了万响的炮仗，把屋架点对点，角对角，线对线，立起来。秋天很快结束，冬雨很快到来。河水羸弱，山油茶花凋敝多时，霜露一天比一天白，冷涩的田畴一片发白发黄，漆树叶红遍山崖。木匠忙着定瓦椽，石匠开始盖瓦，徒弟夯地坪，地面撒一层石灰，夯，夯，夯。一栋泥土房出现在了一条小河边，红瓦黄墙。乔迁的日子也到了。

新建的房子，在晨昏升起了炊烟。人在泥腥扑鼻的厢房里，静静酣睡。雨水的潮气，太阳的燥气，隐隐的蜡烛光，淡淡的柴火烟，灶膛的蒸汽，蜘蛛的爬痕，犬吠声，鸡鸣声，孩子的嬉闹声——它们随时间一起，渗透进墙里。

一栋栋的屋舍，在河边，低低地缩在蓬勃而起的一棵棵树下。一个四季，一圈树轮，无数个树轮，屋舍有的已经颓圮。黄土墙早已发白，墙缝有了雨水霜雪的留痕，柱子房梁上有了蛛丝和虫洞。虫噬咬的木齑粉，扑簌簌落下来，落在我们肩上，成了时间的灰烬。有母亲居住的屋舍，便是我们隐藏在灵魂深处的家。屋舍大门口，是一条石板路，石板路通小巷，小巷尽头是稻田，过了稻田便是小河，小河通往另一条江河，没有尽头。世界被一条河打开了闸门。

风雪夜归人，再一次推开屋舍厚重的大门。

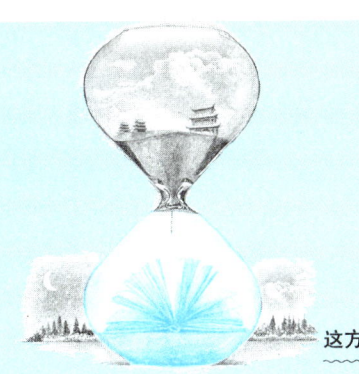

会说话的土

◎冯　磊

这方土，是真的"书"。它的每一个页码，都记载了丰富的信息。

广州的南越国宫署遗址，展品非常丰富。书评人董小卷到此一游，与一件特殊的文物相遇，遂拍下来给大家看。这是一块从原始地表切割下来的土壤，取名"考古地层关键柱"。它的体积庞大，具有很强的层次感。考古学家可以据此判断各个时代的归属，也可以确定出土文物的年代。

这是一块"会说话"的土。这堆土壤的剖面，层次非常清晰：最早是南越国地层，之后是晋、南朝，再之后是唐代早期和晚期，接着是南汉早期和晚期，再后来是北宋地层……文化的叠加，赋予了这块黄土厚重神秘的气息。这方土，是真的"书"。它的每一个页码，都记载了丰富的信息。它就像一块千层饼。每一个时代的文化层，都具有独一无二的特色；每一个时代的土层，视觉上都有着迥然不同的色泽。在众多文物中间，这堆黄土一点儿也不起眼。但是，它的价值是客观存在的，谁都无法否认。

我突然产生了一些奇怪的念头：那夹杂在泥土中的陶片，必然有着独一无二的故事；那片干枯的苇叶，见惯了春花秋月；还有那半块瓦当，或者是某座宫殿崩塌的遗存……它们目睹过所谓的盛世，也聆听过战乱的残酷。它们知道，无数后人所不了解的王朝秘辛。

我吃惊于时光的残酷。那薄薄的一层堆积，其实是几十年、上百年或者数百年的遗存。每一层黄土下面，都掩藏着无数的故事以及无数的欢乐和悲伤，都掩盖着孩子们的读书声、牛羊的撒欢声、底层人民无奈的叹息以及权贵肆无忌惮的狂笑。一切，都被风干了，静止了，遗忘了，丢弃了。每个时代都是这个样子的。这是时间的法则，容不得半点例外。"后之视今，亦犹今之视昔"，那曾经留下无限感慨的，兴亡、得失、斗争、繁华……最终都化作了一抔黄土。突然想起晋朝羊祜登临岘山所留下的文字："自有宇宙，便有此山，由来贤达胜士，登此远望，如我与卿者多矣！皆湮灭无闻，使人伤悲。"

"真是一堆'会说话'的土。"我想。

沙家浜的芦苇　　◎许冬林

> 个体融入群体，水珠融入大海，才会焕发永不消亡的生命力。

　　《诗经》里写芦苇，写得风雅婉约，"蒹葭苍苍，白露为霜。所谓伊人，在水一方"。其实，不是芦苇有那么风雅，那么儿女情长，而是我们的先民风雅。他们的生活和情感，浪漫得让后人嫉恨，即使忧伤，也那么婆婆有姿。

　　来到了沙家浜，来到了阿庆嫂的茶馆里，隔窗看那些芦苇，就全然是另一种气象了。沙家浜的芦苇大气磅礴、莽莽苍苍，是大手笔、大写意，是千军万马奔腾的绿。

　　正是初夏。看花花已落，赏果果未成，这样的寥落时节，却是芦苇最好的时候。在沙家浜，在芦苇最好的年华里赶来与它相遇，这是幸事。帕斯卡尔说，人只不过是一根芦苇，是自然界最脆弱的东西……这里以芦苇为喻，突出人之脆弱，可见芦苇也是脆弱的。我想，从某根芦苇来说，确乎脆弱，即便长到竹木的高度，到底还是一根苇草，逃不掉草本植物难经风霜的命运。

　　但沙家浜的芦苇又是顽强的。千万根芦苇在水泊，那就是敢于改天换地的英雄好汉啊！狂风经过，芦苇在水面掀起汹涌绿浪；风雨之后，芦苇又一根根挺起笔直的脊梁。即使被砍伐、被火烧，来年春风一唤，一根根又从泥土之下举起尖尖的绿戟。京剧《沙家浜》里那位机智、勇敢的阿庆嫂，就是借一片茂盛的芦苇荡掩护了新四军。谁会想到，这样清水绿芦的好地方，竟是与敌斗智斗勇的战场！是啊！一根芦苇是渺小脆弱的，千万根芦苇站在一起，就布起了阵势，就有了战斗的力量。沙家浜的芦苇，书写的不是《诗经》里小儿女的小情调，而是一种关乎民族大义的大境界。

　　个体融入群体，水珠融入大海，才会焕发永不消亡的生命力。在面对着眼前那一片苍茫无边的芦苇之海时，我想，生命短促如朝露，也许唯有将倏忽之间的生命融入一桩热爱的事业，孜孜不倦，全力以赴，生命才会呈现一种恒久而辽阔的魅力。在沙家浜，真想做一根葱碧无花的五月芦苇，亭亭而立，静静生长。至于此后的荣枯与浮沉，就交给江湖上的风雨和日月来安排吧。

春天是一点点化开的　　◎迟子建

春天在一点一点化开的过程中，一天天地羽翼丰满起来了。

　　立春的那天，我在电视中看到，杭州西子湖畔的梅花开了。粉红的、雪白的梅花，在我眼里就是一颗颗爆竹，"噼啪噼啪"地引爆了春天。而我这里，北纬五十度的地方，立春之时，却还是零下三十摄氏度的严寒。

　　早晨，迎接我的是一夜寒流和冷月，凝结在玻璃窗上的霜花。立春的霜花团团簇簇的，很有点儿花园的气象。你能从中看出喇叭形的百合花来，也能看出重瓣的玫瑰和单瓣的矢车菊来。虽然季节的时针已指向春天，可在北方，霜花还像与主子有了感情的家奴似的，赶也赶不走。什么时候打发了它们，大地才会复苏。

　　四月初，屋顶的积雪开始消融，屋檐在白昼滴水了，霜花终于熬不住了，撒脚走了。它这一去也不是不回头，逢到寒夜，它又来了。不过来得不是轰轰烈烈的，而是闪闪烁烁地隐现在窗子的边缘。四月底，屋顶的雪化净了，林间的积雪也逐渐消融的时候，霜花才彻底丢了魂儿。在大兴安岭，最早的春色出现在向阳山坡。嫩绿的草芽像绣花针一样顶破丰厚的腐殖土，要以它的妙手，给大地绣出生机时，背阴山坡往往还有残雪呢。这样的残雪，还妄想着做冬的巢穴。然而随着冰河乍裂，达子香花开了，背阴山坡也绿意盈盈了，残雪也就没脸再赖着了。山前山后，山左山右，是透着清香的树、烂漫的山花和飞起飞落的鸟儿。那蜿蜒在林间的一道道春水，被暖风吹拂得起了鱼苗似的波痕。

　　我爱这迟来的春天。因为这样的春天不是依节气而来的，而是靠着自身顽强的拼争，逐渐摆脱冰雪的桎梏，曲曲折折地接近温暖，苦熬出来的。也就是说，极北的春天，是一点一点化开的。它从三月化到四月甚至五月，沉着果敢，心无旁骛，直到把冰与雪安葬到泥土深处，然后让它们的精魂又化作自己根芽萌发的雨露。

　　春天在一点一点化开的过程中，一天天地羽翼丰满起来了。待它可以展翅高飞的时候，解冻后的大地又怎能不做了春天的天空呢！

我想养一座山

◎丁立梅

我想养一座山，一座小小的山。有树木环绕。有溪水奔流。

去南京参加一个会，有幸入住山中。山的名头很响，叫紫金山，又名钟山。我向着紫金山的纵深处去，也无目的地，也不担心迷路。我只管跟着一枚绿走，跟着一朵花走，跟着一只虫子走，跟着大山的气息走。

春末夏初，满山的绿，深深浅浅，搭配合宜。你仿佛看到，哪里有只手，正擎着一支巨大的狼毫，蘸着颜料在画，一笔下去，是浅绿加翠绿。再一笔下去，是葱绿加豆绿。间或再来一笔青绿和碧绿。人走进山里去，立即被众绿淹没。哎呀——你一声惊叫尚未出口，你的心，已沦陷。

眼里，嘴里，鼻子里，无一处不是青嫩甜蜜的。浊气尽去，身体轻盈，自我感觉就倍儿奇异起来，觉得自己变成了一朵花、一棵草、一只小粉蝶、一枚背面好似敷着珍珠粉的绿叶子。我弯腰跟一些小野花打招呼。半坡上，它们在杂草丛中蹦蹦跳跳，浅白的一朵朵，像萝卜花，又形似七里香。真是惭愧，我叫不出它们的名字。那也没关系的，我就叫它们山花吧。鸟的叫声，跟细碎的阳光似的，在树叶间跳跃，晶亮得很。早蛙的叫声，在一丛青青的菖蒲下面。也就那么断续的一两声，像试嗓子似的。满山的绿，因这活泼的一两声，轻轻地抖了抖。天空倾下半个身子来倾听。没有谁知道，天空已偷偷用这大山的绿，洗了一把脸，望上去，又洁净又碧青。

一位老人从山上下来，健步如飞。想来他常年在这山上走着，脚上的功夫了得。他走过我身边，微笑着看我一眼，矍铄的眼神，跟蚕豆花似的。而后，远走，身影很快没到一堆绿后头，清风拂波一般。

日头还早，我倚着山，坐下来，幸福地发呆。突然，我想养一座山，一座小小的山。有树木环绕。有溪水奔流。花草在满山随意溜达，它们喜欢哪儿，就在哪儿扎根。还有数不清的虫子，自由出没，互相串门儿玩。

我们每个人的心中，都可以养上这样一座山，适时地避开车马喧闹，世事纷争，还自己些许清宁明澈。

鸡爪霜

◎马　浩

> 鸡爪霜总会在我闭目时，呈现在我的眼前，不分时序，让自己知道，心还在路上。

"鸡爪霜"，在我眼里已不是三个字，而是一幅水墨小品画，一痕远山隐约着数点茅舍，枯草两丛，疏木几株，鸡爪浓浓淡淡，散落在留白处……颇具况味。霜，若少了几枚鸡爪印，想来味道会大减。不过，以脚爪状霜之厚薄，没有生活经验，恐怕实难想到，鸡爪与霜，表面看上去，似乎怎么也联系不到一块去；事实上，偏偏又产生了联系，一如鸡爪霜，让我莫名地想到"东方欲晓，莫道君行早"的词句来一样，能令人由此及彼地产生联想的事物，一定有其内在的联系。

白露为霜，霜乃水汽遇冷凝结而成的，怕阳光，想接近霜，需起早；"起早"一词，似乎又不只是字面上那么单纯，它暗含着勤劳、吃苦、发奋的意味。过去，在乡村，鸡扮演着义务司晨的角色，"鸡叫了，天明了，老头起来上城了，老太起来补衣裳，一补补到牛皮上"。一首有趣的童谣，似乎透露出诸多的信息，最凸显的，莫过"起早"二字。天刚麻麻亮，掌灯费油，不掌灯，屋里有点昏暗，老太太为了省油，结果把衣裳补到了牛皮上。老头出门上城，干什么呢？可以自由发挥，估计是去卖东西的，推着独轮车，咬着烟管，踏着鸡爪霜。烟火气十足的日子，过的就是有一个奔头。

"鸡声茅店月，人迹板桥霜。"温庭筠《商山早行》中的诗句，鸡鸣、冷月、寒霜，都有了，可以说是唐诗中数得着的佳句名句。温庭筠，人送雅号"温八叉"，满腹的才学，却不得志。此诗，便是温庭筠赴襄阳投奔好友徐商，一大早途经商山时所作，"茅店月""板桥霜"，实乃温庭筠飘零的身影。

每个成功者的背后，无不有一段不可复制的人生际遇，就像寒霜是水汽遇冷的结果，若冷度不够，或成雾，或为露，独不能成为霜，便是有霜在，若不起早，也不会看到霜，更无从谈起鸡爪霜了。我也弄不清，有多久没见过鸡爪霜了，三更灯火还伴着我，翻翻书，敲敲字。好在，鸡爪霜总会在我闭目时，呈现在我的眼前，不分时序，让自己知道，心还在路上。

大 地

◎低 眉

众生都是大地的音符，在大地的琴弦上飘荡。

　　人类来自泥土。土地是所有人的母亲。大地上的所有人，都来自泥土并最终回归泥土。大地上所有的事物，都来自大地母亲。兽类，鸟类，树木，野草，花朵，人，都是大地母亲的孩子。土地母亲拥有神奇的生命力量，这力量叫作生命力。土地，就是生机的机。土地，就是向荣的荣。万物的生命力，都来自土地。

　　大地生养众生，也生养季节。春天繁花似锦，夏天旺盛丰沛，秋天灿烂饱满，冬天蕴藏安静。人有生老病死，四季也有轮回。季节更迭，永不止息。众生和季节，都是大地之子。

　　如果一定要把大地比作一种乐器，我想只有低音提琴适合。小提琴拉在心上，大提琴拉在魂上。低音提琴拉在大地的根上，具有地母一般繁盛忧伤的力量。众生都是大地的音符，在大地的琴弦上飘荡。花非花，雾非雾，夜半来，天明去。"来如春梦几多时，去似朝云无觅处。"

　　一块土地有一块土地的风气。风气是大地上所有的事物相互影响、共同酿造出来的一种不可名状的东西。大地，大地上的植物。大海，从海对面吹过来的风。沙滩上的岩石、沙砾，湿地上栖息的鸟。土地上居住的人、兽、禽，众生的心念和情绪，混合渗透，相互影响，它们一起酝酿出一块土地的风气。土地从没开口说话，永远无言沉默，却与大地上的所有事物息息相通，心灵感应。众生一呼一吸，都被土地感知照拂。

　　如果没有大地，众生都活不下去。如果没有大地，万物都活不下去。如果没有大地，众生和万物都无法存在。如果没有大地，世界会变成什么模样？我不知道。但我知道，如果没有人类，大地依然是大地。人在大地上的所思所想、所作所为，终究将全部回向给人自己。多年以后，人终于明白，那些没有地址的信，其实已寄给命运。总要人到中年，也在深夜，天边传来隐隐的回响。仔细聆听，那是土地给人类的回信。

汉字中的春天 ◎于 丹

诗意就在欣欣向荣的春光中萌发。

"离离原上草,一岁一枯荣。野火烧不尽,春风吹又生。"给人以无限希望的春天又来到了我们身边,春天是什么样的?春天应该做哪些合乎时宜的事情?从汉字中我们就可以找到答案。

一年之计在于春。《说文解字》上讲得意味深长:"春,推也。"春天就是大地阳气蒸腾,推动万物生长的那个开始。一个小孩子,要抓住一年的大好春光去立志读书;一个人在春天要去远行,他要有一年的计划。所以,"春"的古文字字形,字头是从草木的。在甲骨文中,"春"的字形很复杂,简直就是一幅大地回春图。首先它上面有草字头,草木青青、万物复苏;下面从"屯",种子破土发芽,这就是大地的面貌;而且下面从"日",太阳给大地温暖,万物才会欣欣向荣。这个复杂的字形,包含农民以优美的形式在内心对季节的致敬。

蠢蠢欲动的是无限的生机。"生"字的古文字字形,就是土地上长出了新芽,《说文解字》解释为:"生,进也,像草木生出土上。"春天时,百草回芽,万物萌发。

春天是一年农事开始的季节。"农"的繁体字"農"下半部分是一个"辰"字。《说文解字》上讲:"辰,震也。三月,阳气动,雷电振,民农时也,物皆生。""辰"有震动(震、振在古时通用)的意思,阳春三月,大地阳气震动,雷电初发,农耕逢时,万物皆生。

我们以春秋两季来指年序。比如说,请教老人家"春秋几何",就是问老人家的年纪。孔子修订的鲁国编年史书就叫《春秋》。春秋两季最富于变化。你可以在春天看到树叶从无到有,看到小草一棵一棵地钻出土壤;秋天,你会看到树叶从绿色逐渐变黄,看到野草逐渐枯黄;而夏天、冬天相对稳定,万物变化不明显。所以,自古就有"女子伤春,男子悲秋"之言。

万物萌动的春天里,看着大地的变化,诗意就在欣欣向荣的春光中萌发。

酒的冷暖

◎张佳玮

酒的冷暖，真可见人心呢。

电影《东邪西毒》里，黄药师去找盲武士求和。盲武士说他只喝水，道一句："酒越喝越暖，水却越喝越寒。"真有道理。热酒到晚来喝，别有情趣。白居易所谓"绿蚁新醅酒，红泥小火炉。晚来天欲雪，能饮一杯无"，动人得有些不真实了。"绿蚁新醅酒"，说明有酒渣，不是什么老酒、好酒，估计不太醇厚。暖热来喝，不怎么刺口。雪天的热酒，胜过平时的陈酒。

《红楼梦》里面，贾宝玉去薛姨妈的梨香院做客，薛姨妈请他喝酒，吃糟的鸭掌——曹雪芹自己就爱吃南酒烧鸭，一看就是在南京待出的食肠。黄酒温软甜，蜜水一般，所以贾宝玉这样的小孩也能喝——但薛姨妈和薛宝钗先后劝他，要热了喝，不然对身体不好。江南人喝黄酒，还真在乎这个。余华是浙江人，他的小说里常出现三鲜面和黄酒。《许三观卖血记》里，许三观卖完血了，仪式性地犒劳自己，去吃炒猪肝，还要"黄酒温一温"。我们老一辈江南人喝酒，常是一边吸螺蛳，一边跟朋友吹牛，空出嘴来就跟婆娘说一声："黄酒放进铫子里，再去热一热！"——许三观要温黄酒，未必是多喜欢喝，只是要显得很在行。我们那里过年时，按惯例要做酒酿圆子吃。亲戚们冲风冒雪而来，先把一碗酒酿圆子递手里，暖手；吃一口下去，暖心。其实酒酿圆子小巧，也不顶饱，真正的关键是加热的甜酒酿加姜丝，几口下去，脸红心跳，额头见汗，寒气尽退。如果是个冷汤丸子，吃都没胃口。

酒的冷暖，真可见人心呢。林冲"风雪山神庙"，吃的是冷牛肉，喝的是冷酒。陆谦烧了草料场，林冲起了杀心，杀人报仇，风雪夜走，一口气出了，从此不憋了。跑到一处庄上求避雪，看见火上煨着一瓮酒，有酒香，于是按捺不住，撒泼打人，抢了酒来喝，还醉倒了。此前他的一生，委曲求全，低声下气，风雪漫天，心是冷的，喝冷酒。外头一把大火烧了草料场，杀了人，横了心，从此走上了不归路。于是撒泼，专门抢来了热酒喝。一葫芦委屈冷酒，一大瓮撒泼热酒。这对照，着实写得好。

爱就是穿越不幸

◎张定浩

对安徒生而言，爱就是穿越不幸，是一种纯然属己的行动。

波兰女诗人辛波斯卡有一次提起安徒生，她说："和很多人一样，安徒生写这个世界如何残酷，人的命运苦痛不堪；和很多人不一样，他是写给孩子看的。"在这些残酷和苦痛不堪中，就有小美人鱼的身影。

在《海的女儿》之前，安徒生曾经写过一个关于人鱼的诗剧《安妮特和人鱼男子》，说的是一个名叫安妮特的妇女遇见一个人鱼男子，并随他一起来到海底，幸福地生活了八年，生了七个孩子。有一天，她坐着哄最小的孩子入睡，听到地面上传来教堂的钟声，思乡之心遂难以收拾，便离开了丈夫和孩子，回到了人间，皈依教会和上帝，但她最后仍渴望重返深海，并死在了通往大海的岩石中间。即便在今天看来，这个剧作也是失败的，造成失败的因素有很多，但最重要的原因可能是，年轻的安徒生此时还没有从古希腊以来的海妖故事传统中，找到独属于他自己的东西。但几年之后，当二十九岁的安徒生开始为孩子们撰写童话，当他试着以小孩子的眼光重新审视人鱼的传说，一切旋即都变了。小美人鱼故事的主题不再是诱惑与死亡，而是爱和永恒。对小美人鱼而言，爱意味着双重的幸福或者双重的不幸，获得爱，同时就可以拥有不灭的灵魂，而失去爱，也意味着立刻化作泡沫。但究竟什么是爱？爱仅仅是向外如索取金苹果般索取的一份承诺吗？不，那样的爱同诱惑并无两样。

对安徒生而言，爱就是穿越不幸，是一种纯然属己的行动。小美人鱼最后被天空的女儿接走，所谓不灭的灵魂抑或永恒，可以依靠高于自身的外在力量来获得；但同时竟然也可以通过自身爱的行为来争取到，这才是哲学。也正因如此，晚年的安徒生才能那样自信地讲道，小美人鱼纯粹出自他自己的创造。

好些年前，曾经有一个女孩子非常迷恋小美人鱼的故事，并轻轻地讲给我听。她对我说，希望有一天，可以一起去哥本哈根并肩看小美人鱼。很多年过去了，我没有再见过她。直到有一天，哥本哈根的那尊小美人鱼雕塑来到我居住的城市，让我恍然，当年那个女孩，在去爱的那一刻，是多么勇敢。

过去的年

◎莫 言

> 过年的这一刻，关系到一家人来年的运道。

我小的时候特别盼望过年。往往是一过了腊月，就开始掰着指头数日子，好像春节是一个遥远的、很难到达的目的地。熬到腊月初八，是盼年的第一站。过了腊八再熬半个月，就到了"辞灶日"。我们那里也把辞灶日叫作小年，过得比较认真。早饭和午饭还是平日里的糙食，晚饭就是一顿饺子。

辞灶是有仪式的，那就是在饺子出锅时，先盛出两碗供在灶台上，然后烧半刀黄表纸，把那张灶马也一起焚烧了。焚烧完毕，将饺子汤淋一点在纸灰上，然后磕一个头，就算祭灶完毕。这是最简单的。比较富庶的人家，则要买来些关东糖供在灶前，其意大概是让即将上天汇报工作的灶王爷尝点甜头，在上天面前多说好话。过了辞灶日，春节就迫在眉睫了。但在孩子的感觉里，这段时间还是很漫长。

终于熬到了除夕，家里的堂屋墙上，挂起了家堂轴子，轴子上画着一些冠冕堂皇的古人，还有几个戴着瓜皮小帽的小崽子模样的孩子，正在那里放鞭炮。那时候不但没有电视，连电都没有，吃过晚饭后还是先睡觉。

睡到三星正响时，被母亲悄悄地叫起来。起来穿上新衣，感觉特别神秘、特别寒冷。家堂轴子前的蜡烛已经点燃，火苗颤抖不止，照耀得轴子上的古人面孔闪闪发光，好像活了一样。院子里黑得伸手不见五指，仿佛有许多高头大马在黑暗中咀嚼谷草。这是真正开始过年了。

这时候绝对不许高声说话，即便是平日里脾气不好的家长，此时也是柔声细语。至于孩子，头天晚上母亲已经反复叮嘱过了，过年时最好不说话，非得说时，也得斟酌词语，千万不能说出不吉利的话，因为过年的这一刻，关系到一家人来年的运道。

做年夜饭不能拉风箱——"呼啦呼啦"的风箱声会破坏神秘感——因此要烧最好的草、棉花柴或者豆秸。

我母亲说，年夜里烧棉花柴，出刀才，烧豆秸，出秀才。

复杂的必要

◎史铁生

纪念的习俗或方式可以多样，但总是要有。而且不能简单，务要复杂些才好。

母亲去得突然，且在中年。那时我坐在轮椅上正惶然不知要向哪儿去，妹妹还在读小学。父亲独自送母亲下了葬。巨大的灾难让我们在十年中都不敢提起她，才知道越大的悲痛越是无言：没有一句关于她的话是恰当的，没有一个关于她的字不是恐怖的。十年过去，我们同时说起了要去看看母亲的坟。三个人也便同时明白，十年里我们不提起她，但各自都在一天一天地想着她。

坟却没有了，或者从来就没有过。母亲辞世的那个年代，城市的普通百姓不可能有一座坟，只是火化了然后深葬，不留痕迹。父亲满山跑着找，终于找到了他当年牢记下的一个标志，说：离那标志向东三十步左右就是母亲的骨灰深埋的地方。但是向东不足二十步已见几间新房，房前堆了石料，是一家制作墓碑的小工厂。父亲憋红了脸。妹妹推着我走近前去，把那儿看了很久。又是无言。离开时我对他们俩说：也好，只当那儿是母亲的纪念堂吧。

虽是这么说，心里却空落得以至于疼。我当然反对大造阴宅。但是，简单到深埋且不留一丝痕迹，真也太残酷。纪念的习俗或方式可以多样，但总是要有。而且不能简单，务要复杂些才好。复杂不是繁冗和耗费，心魂所要的隆重，并非物质的铺张可以奏效。可以火葬，可以水葬，可以天葬，可以竖碑，也可为死者种一棵树，甚或只为他珍藏一片树叶或供奉一根枯草……任何方式都好，唯不可一味地简单。任何方式都表明了复杂的必要。因为，那是心魂对心魂的珍重所要求的仪式，心魂不能容忍对心魂的简化。

从而想到文学。文学正是遵奉了这种复杂原则。理论要走向简单，文学却要去接近复杂。若要简单，任何人生都是可以删减到只剩下吃喝屙撒睡的，任何小说也都可以只剩下几行梗概……但是这不行，你不可能满足于像孩子那样只盼结局，你要看过程，从复杂的过程看生命艰巨的处境，以享隆重与壮美。其实人间的事，更多的都是可以删减但不容删减的。不信去想吧。比如足球，若单为决个胜负，原是可以一上来就踢点球的，满场奔跑倒为了什么呢？

时 间

◎梁晓声

我认为时间的伟力不因任何人的意志而转移。

年少时读过高尔基的一篇散文——《时间》。高尔基在文中表达了对时间的无比敬畏。不,不仅是敬畏,甚至可以说是一种极其恐惧的心理。他写道——夜不能眠,在一片寂静中听钟表之声嘀嗒,顿觉毛骨悚然,陷于恐惧……少年的我读这篇散文时是何等困惑不解啊!怎么,写过激情澎湃的《海燕》的高尔基,竟会写出《时间》那般沮丧的文字呢?

步入中年后,我也经常对时间心生无比的敬畏。我对生死问题比较想得开,所以对时间并无恐惧。我对时间另有一些思考。我认为时间的伟力不因任何人的意志而转移。"愚公移山""精卫填海",其意志可谓永恒,但用一百年挖掉了两座大山又如何?用一千年填平了一片大海又如何?因为时间完全可以再用一百年堆出两座更高的山来,完全可以再用一千年"造"出一片更广阔的海域来。甚至,可以在短短的几天内便依赖地壳的改变完成它的"杰作"。那时,后人早已忘了移山的愚公曾在时间的流程中存在过,也早已忘了精卫曾在时间的流程中存在过。而时间依然年轻。只有一样事物是不会古老的,那就是时间。只有一样事物是有计算单位但无限的,那就是时间。归根结底我要阐明的意思是——因为有了人,时间才有了计算的单位;因为有了人,时间才被涂上了人性的色彩;因为有了人,时间才变得宝贵;因为有了人,时间才有了它的简史;因为有了人,时间才有了一切的意义……

而在时间相对于人的一切意义中,我认为,首要的意义是——因为有了时间,人才思考活着的意义;因为在地球上的一切生命形式中,独有人进行这样的思考,人类才有创造的成就。每个具体的人亦如此。连小孩子都会显出"时间来不及了"的忐忑不安或"时间多着呢"的从容自信。

决定着人的心情的诸事,掰开了揉碎了分析,十之八九皆与时间有密切关系。人类赋予了冷冰冰的时间以人性的色彩;反过来,具有人性色彩的时间,最终是以人性的标准"考验"着人类的状态。

蒲松龄吃不吃爆米花

◎李碧华

幸好蒲松龄落魄。

　　幸好蒲松龄落魄。幸好他仕途失意——"一世无缘附骥尾,三生有幸落孙山",否则,中国只是多了一个唯唯诺诺的官员,却痛失一位"短篇小说天王"。这位大作家也够传奇的,一生过的只是悲多欢少的日子,既无可歌可泣之业绩,又乏动人心弦的爱情传奇,只是封建社会的穷酸知识分子、教书先生,却能天马行空,写出近五百篇奇诡、瑰丽、奔放的《聊斋志异》。

　　失意的蒲松龄,无所事事,在路旁边一个茅亭,摆下石桌石凳,设个茶摊子,招待各方途经此地的行人,大家一起谈天说地。蒲松龄由此得到好多灵感,搜集了资料,加上自己丰富的想象力,忘却现实之枯燥、空虚,借古讽今以换来一篇又一篇佳作——《画皮》《聂小倩》《促织》《伍秋月》……

　　他是山东淄川城东约七里的满井庄人。他住过的村庄,都砍木烧柴,以草秆子麦秆子铺房顶,薄薄一层泥巴,然后是料子,由下往上铺,一把一把地叠上去,可以防漏。小贩都把东西推拉出来,沿石板路售卖。双手环抱大的硬面大饼,一元三角一斤。庄上也有卖水果、豆腐脑、小吃的……不过最有趣的,是"流动爆米花"服务员。当他来了,坊众奔走相告,家家派出代表,用柳条篮子盛了玉米粒出来。服务员把玉米粒倒进布袋,再加上一点糖精,封好。然后加热,温度越来越高,里头的东西"走投无路",迫不得已,便"爆炸"个焦头烂额。大伙在旁,推测爆炸时间。小孩还提醒我:"捂耳朵!响了响了!"轰隆巨响。各人心花怒放,把爆米花取走。我问:"爆一回多少钱?"一位大娘道:"一块钱一水缸。""水缸?"——我心目中的水缸好大。原来是漱口盅大小。但一水缸,爆出来一大堆。香甜,带焦味。

　　在这里,声息相闻,村庄内外,老老少少,就像挤在密封布袋中的玉米粒。时间、人物、地点,再闷绞在一起。只好在纸上,以笔营造另一个世界,另一片天地,邀请了狐、鬼、仙、妖……做客,为灰蒙蒙的生命,添点艳色。

　　蒲松龄吃不吃爆米花?

孤　鹤

◎庞晓畅

一样的一别千载，一样的一眼万年。

　　那年去青海湖，坐游轮航行于波光艳影之中。我站在甲板上，四面都是望不见边界的蔚蓝。由湖至天，由深至浅，那是一种虔诚而纯粹的美。忽然，一只水鸟在远处水面掠过，羽如白素，稍纵即逝，回过神来四处再寻，眼前不过是烟波浩渺，一片汪洋。

　　"时夜将半，四顾寂寥。适有孤鹤，横江东来。翅如车轮，玄裳缟衣，戛然长鸣，掠予舟而西也。"我久久立在蔚蓝的风中，不觉，想起了这段文字，不觉，想起了苏轼。或许，你就是那只掠过历史航船的孤鹤吧。

　　我站在甲板上，看你从船前孑然掠过，落寞的弧线划出你单薄的惆怅。"东坡何罪？独以名太高。"我阅尽你曲高和寡的孤独，一如那只形影相吊的孤鹤。那被歪曲的精美华章，那一封封杳无音信的脆弱，不知几人能懂。知音寥，沙洲冷，古来文人皆寂寞，不如将你孤独的种种，离群的种种，加以墨迹晕染，酿一坛清冽的杜康。

　　我站在甲板上，看你从船前翩然舞过，仪态风雅，举世无双。纵使离群而居，你依然是美的。你美在才情："十年生死两茫茫"的深情，"淡妆浓抹总相宜"的清丽，"一蓑烟雨任平生"的旷达，还有"一朵芙蕖，开过尚盈盈"的恬适，"醉笑陪公三万场，不用诉离殇"的细腻，"此心安处是吾乡"的大气。你美在旷达，一路走来千里万里，看花开过几转。所有的痛苦和落寞、失意与愤懑，都化作承天寺外空明的积水，赤鼻矶中飞扬的歌声，化作一如"酒晕无端上玉肌"的红梅，化作"翅如车轮，玄裳缟衣"的孤鹤，翩翩飞过光阴的长河。

　　我沉醉于你芬芳千载的美，一如那只玄裳缟衣、仪态风雅的孤鹤。正如林清玄所说："心美一切皆美，情深万物皆深。"你乘斑驳轻舟，寻失落沙洲，一江秋月一壶酒，浮起一片空蒙山水、岁月温柔。又想起一片汪洋中那只孤鹤。如今我确信那是你。一样的一别千载，一样的一眼万年。

一荤一素 ◎黄 磊

隔着几十年的光阴往回看，饭桌上的一荤一素变成了童年时期美好而温暖的回忆。

少时，家住皖南山麓。绵延起伏的山脉上，一条土公路蜿蜒从山里蔓延至十里外的小镇。交通不便，所以吃的食物只得顺应季节而来。

春耕夏耘，秋收冬藏。四者不失时，故五谷不绝。时光在菜园上空云卷云舒，将一茬一茬蔬菜唤醒，滋润于泥土的芬芳，缓缓长成。

喜欢吃的大豆，便用青椒炒来，盛得大大一碗，碧澄澄的，看似毫无侵略感，却又香又辣，就着它可以吃一大碗米饭。土豆切丝，淡黄色清炒来，味道绝佳，或清水煮熟，软绵如黄油，香糯可口。韭菜炒来，碧绿如春愁，宋词一般婉约。

素菜是农人菜园里种下的期待，是一粒谷物的破土而出，也是一朵花凋谢时果实的萌发。母亲似乎并未多加打理，便已葱茏郁郁，生机勃勃。

荤菜也必不可少……

农村里养猪，便是年前不久才能宰杀。是大清早，土都冻裂了，寒气吱吱地从裂缝里往外蹿。猪懒洋洋地从猪圈里出来，寻早餐，却发现这一顿极为丰盛，于是欢天喜地。农人只是默默看着相处了一年的猪。猪吃完，哼哼唧唧地倒在一旁的墙角，晒着太阳睡了。女主人不舍，等了一段时间，被杀猪先生催得再三，只得将猪赶回猪圈里。这边磨刀霍霍的杀猪先生已急不可耐……猪肉在平时是不容易见到的，小村里有一家肉铺，也不是天天有肉。有时候会有，农人百忙之中，也要割几斤肉来打打牙祭。孩子正长着身体，母亲哪里等得及，只得从十里外的孵蛋场买来鸡苗，只要公鸡，养着，到了一斤左右的时候，宰了，红烧成一小碗，据传这种仔鸡最是滋补，一天一只给孩子补身体。那些仔鸡肉质细嫩，很是美味，远不只是饭桌上的荤菜，更是极美味的珍馐。

隔着几十年的光阴往回看，饭桌上的一荤一素变成了童年时期美好而温暖的回忆。时光在静谧的回想里缓缓有了温度，冰箱里的菜冷冻得再也没有了滋味，回头看到的是一团昏黄迷离的灯光，那是家。

兀 坐

◎子聃

适时让心思溜个号，也许惊喜来得才出乎意料。

公元1616年，徐霞客来到黄山之后的第三天，天降大雪，哪里也去不了；到了初四这天，徐霞客在黄山雪海中枯坐着，让思想溜号了一整天。这一天的日记中，只有一句，却甚为精妙："初四日，兀坐听雪溜竟日。"

黄山的风光不可谓不好，雪松云海也不可谓不好看，有人说，这是天气的成全，我倒觉得这是徐霞客难得的好闲情。当然，若是天光放晴，徐霞客一定持杖登山了。雪未必就是阻碍，试想，雪中游黄山，说不定和晴日相比，那风光别有天地呢？

人心似水，静才能澄澈。少年时，常读归有光的《项脊轩志》，其中有这样的句子："借书满架，偃仰啸歌，冥然兀坐，万籁有声；而庭阶寂寂，小鸟时来啄食，人至不去。三五之夜，明月半墙，桂影斑驳，风移影动，珊珊可爱。"这样的文字有静气。静气何其难得，人只有静下心来，姿态才能放低，万物美好才能如河流，潺潺流进心底，成全自己的一方水域。

"兀"字好看，好似地平线下一粒种子在扎根，也好像是一个人坐在板凳上发呆的样子。发呆，的确是一件奢侈的事情，也许是"从前慢"，才让先贤们有了发呆的时间和机会，也许是阴差阳错，一场风雪让人不得不发呆。设若今日，即便是遭遇了风雪，恐怕也很少有人愿意发呆吧，手机里的短视频、电视中的口水剧等都在撩人眼球。不管是徐霞客的兀坐，还是归有光的兀坐，都是静下来，千番声响、万种响动入耳来，化作心头的一池静水。想起庄子，他有"心斋"和"坐忘"两种境界。个人觉得，心斋，太过刻意古板；坐忘，反倒自然讨喜。坐而忘忧，坐忘也就是兀坐吧。人世慌张，我们总想着让心思缜密如坚石，却忘了疏解如松风，适时让心思溜个号，也许惊喜来得出乎意料。

诗人说，和忙得不可开交的尘世相比，我更贪恋那闲散悠游的浮生。愚以为，一锅热汤太烫人口腹了，慢下来，等一碗汤、一盏茶到舒适的温度，香气萦绕，适口宜心。

成为自立的人

□丁凯捷

没有人会因为猫狗闪闪发光的颈圈而不去注意它是否健康活泼。奇怪的是，这个准则用在自我评价的时候就失灵了。一个人如果拥有豪华的住处、丰厚的收入……这些身外的东西常常被作为他的价值，而忽略了他本身的价值。

我们在审视那些人的时候，要注意哪些是完全被蒙蔽的，哪些是完全不属于他的。如果撇开一个人的财富和尊荣，只以他的衣着示人，我们便会这样妄下评价：他自身的能力是否能让他胜任自己的职务？他有怎样的一个灵魂？他是以己之力得富，还是全部依靠他人？他是否对生命有更多的了解？他是否宁静、平和、快乐……

但是，我们习惯受到蒙蔽。因为习以为常，所以我们对蒙蔽毫无察觉：一个农夫和一个国王、一个贵族和一个奴隶、一个行政官和一个百姓、一个富翁和一个穷人，他们的差异在映入眼帘后就已经烙在我们的心上了。即使按某种说法，他们的差别只是在衣服上而已。

模仿、依赖、愚蠢、胆怯……不断地在生活的风浪中沉浮飘荡着，这是我们接受蒙蔽的代价。真正的幸福是可以随时成为自立的人——不怕贫困、锤炼甚至死亡；他不苛求外来的尊贵，毫无畏惧地面对生命的转变；他抑制自己的热情和欲望，以坚定的灵魂去抵抗命运的不公。

20岁，我为参加《中国诗词大会》默默努力

◎张鑫

2017年，我20岁，那时的我，保研已经结束。我从小热爱古诗词，参加《中国诗词大会》是我一直以来的心愿，所以那段时光我开始为了自己的这个梦想持续努力。

我从很小的时候就开始阅读和背诵古诗词，是母亲最早引领我走上了读诗和背诗的道路。在我七八岁的时候，每个周末，母亲都要捧着一本《宋词三百首译注评》，带我学习其中的宋词，并要求我背诵其中的一些名篇佳作。

大二时，《中国诗词大会》火爆全国，节目冠军武亦姝更是圈粉无数。节目推出的游戏模式"飞花令"迅速在全国流行起来。抱着试试看的心态，我报名参加了第三季《中国诗词大会》，但令人遗憾的是，我最终没能通过节目组的层层筛选。

但那次失败的经历，并没有让我丧失继续报名参与节目的兴趣。

我化失败为动力，也看到了自身的不足。在后来的一年中，我只要有时间，就会学习文学知识，背诵经典的诗词名篇。保研结束后，我更是把大部分时间都用在了学习古诗词上。图书馆五楼是文史类书籍，我每天都会花费大量的时间在那里学习文学知识。我非常喜欢叶嘉莹先生，她的著作是我反复阅读的经典。叶先生著作颇丰，她的书摆满了整整三个书架。我流连于书架之间，呼吸书籍的清香，那气味仿佛也因诗词的浸润而变得沁人心脾。

叶先生的书见证着我的20岁，见证着我的青春年华。

那时，我恨不得抓住一切时间来学习诗词，把所有的诗词都装到脑海里。

诗词是辉煌灿烂的瑰宝，拥有摄人心魄的无穷魅力。我现在还清晰地记得，20岁那年的国庆节，我没有出校游玩，而是在图书馆背诵诗词。看着空旷的校园，我没有感到孤寂，只有与诗词相伴的温馨与幸福。

久而久之，我摘抄诗词的本子用了厚厚三个。就这样，我与诗词相依相伴，从未分离。

九月，我进入"人大"读研。第四季《中国诗词大会》节目报名启动的时候，我第一时间提交了报名表。后来，凭借扎实的诗词功底，我顺利地通过了电话面试、笔试和线下面试等层层选拔，从三十万选手中杀出重围，拿到了到现场录制节目的入场券。

最开始，我被分到了主会场之外的预备团。后来，我通过出色的发挥，从预备团冲进了现场团，又在第六场比赛中取得了全场第一名的好成绩，赢得了登台比赛的机会。在第七场比赛中，我展示了自己的诗词飞鸟绘作品，赢得了主持人和嘉宾老师们的好评。我顺利答对了所有题目，但是由于节目的计分规则是百人团答错题目的人数总和为选手成绩，而我抽到的题目又比较简单，所以我的总分较低，没能顺利进入下一环节。但无论怎样，能够在央视的舞台上展示自己，能够与来自全国各地的诗友们一起切磋琢磨、谈诗论艺，已经是非常难得的一段经历了。节目播出那天，亲朋好友们发来的消息汇成了海洋，我被"淹没"其中，一直忙着回消息到很晚。

时至今日，每当想起那段和诗友们一起度过的桃花源一般美好的日子，我都特别留恋。录制节目的时间只有短短十几天，而为了准备这个节目，我付出的却是长达一年多的光阴。在舞台上绽放的高光时刻固然让人怀念，但我20岁那年为了参加节目而付出的努力同样值得永久留恋。那段时光，我如同一只深海里的蚌，虔诚而孤寂地打磨着那颗终将耀眼的明珠。

人生无处不笨拙

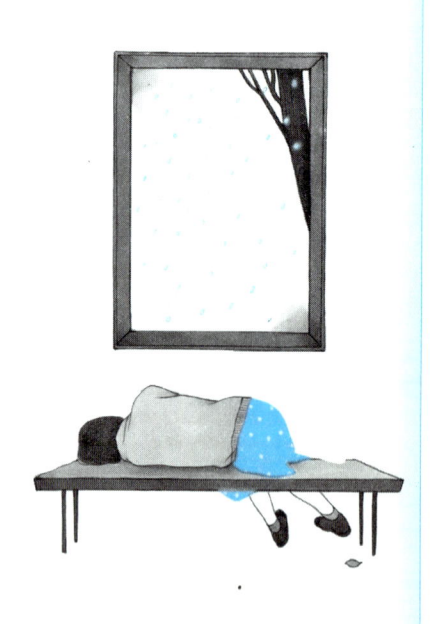

◎ 佳欣

小满20岁那年,决定考研。那是目之所及之处的一段浮木,她随波逐流。她选定了一所人人向往的学校。

小满擅长幻想,在付出努力之前,她就已经做了许多美梦。值得一提的是,小满努力的身影也仅仅存在于她的幻想中。她热衷于在图书馆坐上一整天,做一切与学习无关的事。

毫无疑问,小满失败了。她去找工作,没有找到满意的工作。最终,她决定再考一年。她慎重地择校,深刻地反思,发觉自己是一个极易受到环境影响的人。她决定在考研寄宿基地度过接下来的一年。她收拾好行李去了天津。

天津,陌生的地方。她在那里经历了许多事,比如屋里的蟑螂、身体的病痛、深秋里一次又一次冰凉的洗澡水……她谨慎地生活,冷静地规划,为自己在众多不确定中建立一些珍贵的信心。

她很幸运,遇到了几位善良且真诚的室友,她们彼此鼓舞,就像是狂风骤雨中的几棵小树,瑟瑟发抖,但是彼此相望,形成了一股神奇的合力,谁也没有倒下。

第二年的分数线公布时,小满的心跳先是猛地加速,随即又沉沉地跌入谷底。她不甘心,怎么能甘心?仅差的三分让她下定决心再考一年。

第三年,小满被困在家里,目睹了一位长辈的死亡。然后她又动身了,她的泪水还在故乡流着,人却走远了。在北京的一个灰扑扑的村子里,她开始了第三年的备考。

小满习惯在食堂里没人的时候背书,如果没有背书声,那里就会变得异常安静,那种安静会立刻使小满一惊,赶紧拿起书来背诵。食堂的窗外是一堵长长的矮墙,墙边的野草歪七扭八地倚在墙上,有时几只野猫会从墙上悄无声息地经过。那也许就是这堵矮墙一生的绝大多数时光了——支撑墙边的野草,或是等几只来去匆匆的猫。一堵墙该有多孤独?

小满惆怅地想，也许她就该像这堵墙一样，而且所有人都会变成这堵墙。

离考试不足一个月时，是最寒冷的日子，小满的屋子里没有暖气。晚上睡觉时，寒风从屋子里的各条缝隙中钻进来，她也要像风钻进墙缝那样把头钻进被子里才能勉强入睡。

在某个难眠的晚上，她突然想起了天津的一场大雪。那时正是周末，她想，她应该去打针。于是她冒着风雪出去了。积雪堆到了她的小腿肚，每走一步都很艰难。她接着走，不知道从什么时候起，连眼镜上都有了积雪，然后结成了冰。最终她在医生下班之前赶到，那几乎是她第一次如此清晰地感受到执着的力量。她想，好，那么我要坚持住，就像那场大雪里的自己一样，只要还能前进，就走到最后，看看结果。

于是小满带着手上冻裂的伤口，拖着肿胀的双脚上了考场。最后一场考试时，她感到呼吸有点困难，耳边似乎传来了尖锐的鸣叫。她用力地、死死地握紧自己的手，就像在村子里抵御寒冷那样，就像她做出每一次决定时那样。她咬紧牙关，默念：可以做到，可以做到。

小满真的做到了。录取名单公布的时候，她颤抖着将一个个名字数下来，发现这段路终于看到了尽头。她的身体放松下来。实际上，她很担心自己会变成第一年的自己，不切实际的、空想的、懒惰的自己。但很快，她发现，那三年不仅仅给了她那张录取通知书，更重要的是，她获得了宝贵的勇气和执着的品格。

小满 20 岁时选定的目标，终于实现了，她忽然觉得自己没有21 岁，没有 22 岁，没有 23 岁。这三年的她好像都在过 20 岁。视野之内，是逐渐清晰起来的无数身影渐渐重合到一起，那是无数个她正披星戴月向山顶走来，虽然行动笨拙但步履坚定。她向小满走来，没有停留，又朝着下一座山峰走去。

20岁，我参加了中央台的《挑战主持人》节目

◎小新

2002年，我意外地参加了中央电视台的《挑战主持人》节目。当时参加比赛的"战友"中，有被称为"地震中最美女主播"的宁远，有河南卫视的"天气女郎"谢磊，有在民宿界闯出了名堂，也曾经是知名媒体人的陈彦炜，而那档节目的主持人是马东。

参加《挑战主持人》节目，对我而言，纯属意外。当时在山东大学团委负责学生工作的马晓琳老师给我打电话，说可以参加一个比赛。到了现场，我才知道是中央电视台的节目正在挑选山东赛区的选手。作为"不紧张"的选手，我跑上台说了几个即兴的小段子。

走下台后，一个短头发的女孩跑过来，说："小新，你可能会是这拨选手里第一个去北京录像的，做好准备。"北京？录像？这就成了？那个短头发的女孩叫丛澍，当年只是编导助理，现在已经是中央电视台综艺频道的副总监，曾经做过央视《欢乐中国行》总导演、《金牌喜剧班》总制片人。

大概两周后，我就被通知去北京录节目。《挑战主持人》的录制过程很痛苦，特别是前期的稿件准备。导演老赵把每个人都批评得很惨。来北京到底为什么，就为找顿骂？不，是顿顿骂。21个选手里，终于确定有20个能够顺利地进入录像环节。很幸运，我是其中之一。

有一个环节是主持人马东说一段新闻，选手进行评论。可能是因为我是法学专业的学生，分到的题目跟法律有关。但马东说完题目之后，我就蒙了，压根没听懂他说了个什么新闻，感觉弯弯绕绕的。但是计时已经开始，没办法，我只能硬着头皮开始编——就像对着亲妈撒谎一样，分分钟都会有被揭穿的危险。果然，马东很快发现我压根就没有听懂题目。他又把题目说了一遍，而当他说完的时候，计时也快结束了。

这一轮我沮丧地下场。我记得当时有一位姓庄的制片人跑过来跟我不无遗憾地说："你没戏了。"我

头一扬,不服输地说:"不一定吧。"这一轮结束之后,下去的,居然真的不是我,因为有一位选手更紧张,有点命运作弄的意思。

比赛的最后一轮是辩论环节,我跟北京大学的一个女生辩论,题目跟星座有关系,大概就是星座到底好还是不好。我当时走的是略显鬼马的路线,而那个颇为恬静的女孩显然招架不住,几次杏眼怒睁,张着嘴巴说不出话来。最后,大屏幕上显示的支持比值是60:40。我是40,得了当场的第二名。

《挑战主持人》节目播出后,分别有湖南卫视和东南卫视的工作人员打来电话,说他们看到我在节目中的表现,觉得我适合他们目前在播的某一档节目,问我有没有兴趣去主持。

电话这头,我呆住了,连连摆手,不行不行,我才上大二,我父母不会同意的。许多年后,我真的成了山东卫视的节目主持人,还做了山东台首位新闻评论员。

小时候,爷爷奶奶的口头禅里就带着"那时候"三个字,而不知不觉间,我们的口头禅里也有了"那时候"。

那时候的我们,面孔青涩、笑容单纯,就像是从原始森林里走出来的小狮子,软趴趴的金发在太阳的直射下泛着光泽。那时候的我们,没有圆滑和世故,就像是一枚刚摘下来的青苹果,透着旺盛的生命力,再怎么哭闹,都不显得矫情和做作。

20岁的我们,真好。可终归,我们是回不去了。

20岁，我理解了"乡村振兴"

◎阿鱼

20岁这年，是我警校毕业的前一年。刚刚开春，我们就踏上了前往祖国边疆的路，到村子里协助驻村工作队工作。

下车的那一刻，尘土飞扬，微微眯了眼睛，我掏出手机，再打开和父母的位置共享，已经是横跨中国地图的一条线，以及四千多公里的距离。这是距离目的地最近的县城。我拖着大包小包下了火车，又挤进一辆小小的面包车，人叠人，颠簸了一个小时，终于看见了乡政府的大门。我们下车去找接应的村干部，阳光刺眼，干部们都戴着草帽或是遮阳帽，热情地挥手打招呼，冲我们笑着。从乡里坐上车，七拐八绕的又是二十里路，就到了我们要工作的村委会。

来到村里的第二个晚上，我刚爬上"嘎吱嘎吱"响的上铺，书记便打电话来叫我去开紧急会议。已是深夜，但所有的村干部都来了。他们眼睛通红，黝黑的手里紧攥着记录的笔，专注地听着书记的每一句话。会议结束已经是凌晨一点半，村委会外面的灯早就灭了。我打着手电筒，颤颤巍巍地走着。刚刚三月，凛冽的寒风好像要撕裂我的脑神经。我跟在书记后面，心里一直犯嘀咕：好像没什么事是不能睡醒了再说的。书记看出我欲言又止，告诉我这是工作的常态，现在正值初春农忙，一切事都要第一时间传达。"明天天亮村干部就要给农民们开会，传达乡里的要求。他们就要下地干活了。一刻都不能耽误。过了这几天，就过了最好的种植期了。"他嘱咐我好好休息，睡个好觉。那天晚上我很久没睡着，在备忘录里记下："你要走遍村里的每一条路，看看他们风吹日晒的生活，看看他们布满老茧裂纹的手，看看深夜还在工作的干部，你不亲眼所见，你不亲身经历，永远不能理解什么才是他们的生活。这世界上只有四个字最容易，却也最难——'好好活着'。什么是伟大，什么是平凡？"

那段日子洗涤了我的心，20岁的我，站在"乡村振兴工作站"的牌子下，看着村干部、工作队一遍遍给农民不厌其烦地讲新政策、新要求，在烈日下一站就是几个小时。我知道，那些曾经深深的不解、不屑，已经灰飞烟灭了。

我们去公路旁边挖树坑，种胡杨，晚上和妈妈视频通话，她笑我在家连给花浇水都不做，现在会种树了。我们去一户独居的残疾老人家里帮她锄地，扣大棚，覆盖薄膜，种辣椒苗；我们打算离开的时候，奶奶年龄那么大，却使出好大的力气紧紧地攥着我们的手不让我们走。她用零碎的汉语拼凑出她的意思："好孩子，好孩子，谢谢你们，喝茶，喝完茶再走。"我从未觉得自己做了多大的好事，但此时此刻奶奶拽着我的手告诉我，我们不过是一上午做的事，对她而言却困难到努力一周、两周都完成不了；村里的小孩子都喜欢跟我们玩，说我们和之前来教他们的老师很像，哪怕是我们从未见过的小孩，也会在看见我们的时候远远地跑过来和我们握手，叫我们老师。

听说我们背了吉他来，孩子们每天放了学都要跑到村委会，求我们唱一首《孤勇者》给他们听，走的时候还要一步一回头："老师，明天我还来找你，好吗？"落在纸张上的文字，远远不能描述我当时的心情。

离开村子的时候，我没有和我的小朋友们告别，我想把我们平时开心的模样留在彼此的回忆里。也许很快他们不会再记得我，但我相信我们还有一天会相见。我无比感谢这段时光，让我有机会把我的20岁青春，把我清澈的、赤诚的爱，写在祖国的边疆土地上。我为乡村振兴工作而来，但带走的胜过千千万万。

敬 启

本书为正规出版物。在阅读过程中,若遇内容方面任何问题,请与我们联系,联系电话010-51900470。因此影响到您的阅读体验,我们深感抱歉!感谢您对本书的认真阅读。